アクション
捜査一課 刈谷杏奈の事件簿

榎本憲男

幻冬舎文庫

アクション

捜査一課　刈谷杏奈の事件簿

目次

ロケハン

水の音がする。

渓流沿いの山道の脇に作られた駐車場に、バンが二台横並びに停まり、前後左右の扉が開くとバラバラと降りてきた。総勢十名。

「いやあ、ここが東京だなんて信じられないな」

一団は渓谷に紅く色づく木々を見た。年をまたぎ、もうすっかり落葉しているはずの紅葉はなぜかこの冬に限って枝に引っ掛かるようにしてとどまっていた。

「シーン５、６、７の候補です。夜明けとともに撮ることになります」

比較的年齢の若いひとりが台本を捲りながら言った。

「ここで死体が発見されるってわけだよな」

キャップを被った男の首には一眼レフがぶら下がっている。

「見てみるか、とりあえず」

リーダーらしき中年男が、ダウンコートの袖に腕を通しながら案内を促し、一行は、木造トイレの先にある恐ろしく急な階段を、足元に気を配りながら、下りていった。

「あの木が見栄えがしていいと思ったんですが」

先頭の青年が立ちどまって指さした。しかしその直後、当人は、紅い葉が叢がる大きな欅に指を向けたまま目を見開いた。驚きで凍り付いた彼の表情に、周囲の者は気づかない。

「なんだ龍太、手回しがいいな」

と小太りの女性が笑った。

「だけど、稲葉は男だぜ。女ものしかなかったのかよ」

と言って男が一眼レフを構えた先には、しぶとく残った紅い葉の間から赤いものが覗いていた。太い枝から垂れたロープの下には、首をうなだれ、長い髪と両手をだらりと垂らしてぶら下がっている人影があった。

「ちがいます」

声が震えていたので、それが撮影用に吊るした人形ではないとわかった。紅葉は、赤く燃えるような柄のワンピースをまとった身体を隠していたらしい。

自死するシーンを下見に来た映画撮影隊が発見したもの、それは本物の死体だった。

シートを立ててくださいとキャビンアテンダントに言われ、刈谷杏奈は目をこすりながら身を起こした。夕陽に染まった関東平野を丸窓から見下ろしたときに感じたのは、帰国の安堵感よりもむしろ緊張だった。明日から仕事だと思うと、気が張った。昨日までの、世界の映画人らと交流していた一週間と明日からとでは質感がちがいすぎた。趣味は趣味、仕事は仕事と切り分けたいところだけれど、刈谷の場合、映画がふいに仕事に闖入してくることがある。

入国審査を終え、回るベルトに載って出てきたスーツケースを引き上げて、到着ロビーに出ると、すぐにスマホの電源を入れた。

「ただいま。いま成田」

――どうだった？

結城和之はおかえりのひとことより先に、オランダのロッテルダムで開催された映画祭について尋ねてきた。

「ああ、まあまあかな。詳しいことは後で話すよ」

——今日はこっちに顔出すの？

「どうしようかな。夕飯はなに？」

——鶏鍋(とりなべ)。

「なんだ、私が食べたいものがちゃんとわかるんだ。さすがパートナーだね」

——光(み)っちゃんのリクエストだよ。

　苦笑して、切った。パートナー。この言葉は、恋人や人生の伴侶を指して使うことが多いけれど、二人の関係はそうとは言えない。

　結城は映像制作会社の社長で、刈谷はそこに所属する女優兼監督だ。ただ、起業を持ちかけたのは刈谷だった。もういちど映画を作りたい、演じたいという決意を刈谷が結城に打ち明け、結城は大学院を辞めて、映像制作会社光音(こうおん)を興した。

　映画制作会社ではなく、映像制作会社を名乗っているのは、映画だけではとても会社を維持できないからである。大手スーパーの苦情処理のケーススタディ、リフォーム会社のビフォー&アフター、バレエ教室の生徒募集まで、映像にまつわる仕事を雑多に引き受け、どうにかこうにか小さな会社を運営している。

　所属女優であり監督であるという刈谷の立場はあくまでも建て前だ。彼女の食い扶持(ぶち)は別にあって、その職業が副業を禁じているので、社員ではないという口実が必要なのである。

成田エクスプレスを新宿で降りて中央線に乗り換え、国分寺の改札を抜けると、待っていたのは、光浦真司だった。

「助かったあ。さすが光っちゃん、結城君とはちがうよ」

バンに乗り込んで刈谷は言った。

目的地までは徒歩で十五分くらいだ。冬の夜に雑木林を抜けるのは気味が悪いし、急な階段を上り下りしなければならず、迂回路を取るとなるとちょっと遠い。

「でしょう。助手は気配りが命ですからね」

「私も仕事でそのことは日々痛感するよ」

「あはは。でも、本当のことを言うと、買い物しているときに結城さんから電話もらったんですよ。杏奈さんがもうすぐ着くだろうからピックアップしてあげてって」

そうなのか。口数が少なく、なにを考えているのかわからないけれどいつもなにかを考えている様子の結城は、時には刈谷のことも考えてくれるらしい。

「そっちは一段落した？」

刈谷は尋ねた。

「ええ、今日納品しました」

刈谷は企業のＰＲ動画などの制作には関与していない。一度だけ、群馬にあるダムの紹介ビデオを撮った時、案内役に扮して、エメラルド色の湖面を覗き込んで指さしたり、自然湖のように美しい景観に感動した芝居をしたことはあるけれど。

「ギャラはよかったの？」

「割と。やっぱり中国は羽振りがいいんですね」

「へえ中国の。なんの会社？」

「パソコンメーカーです、インディーズで安いのが売りの」

「へえ、同じインディーズでも映画とパソコンじゃちがうんだね」

ほんとですね、と光浦は屈託のない笑い声を上げた。

「でも、どうしてそんな実入りのいい仕事をもらえたの。しかも中国から」

「ああ、やっぱり結城さんのファンってのはいるんですね」

「え、中国人に？」

「ええ、作品集をネットで見て、ぜひ頼みたいと」

刈谷杏奈監督作品の撮影を担当する結城和之は、実験映画の界隈ではちょっとした有名人だ。学生時代からコツコツと自分の短編映画を撮り続けている。

刈谷が大学三年生の時だった。夏休みに入る前に出演依頼の電話がきた。話しているうちに、相手が同じ学年の学生だとわかった（ただし、先方が通っているのは偏差値的には超トップ校だったけれど）。

　当時の刈谷は、学生映画界（というものがあるとして）では有名で、他校からも出演依頼をよく受けていた。

「ありがとう。とりあえず台本を送ってください」

　と返事すると、

――台本はないんだ。

　と思いがけない答えがあった。

「どういうこと？」

　と刈谷は尋ねた。

――とにかく顔と身体を撮らせて欲しい。顔と身体だけ撮らせてくれればいいから。

耳に当てた受話器から、まだ顔を見たことのない男の声が聞こえた。端的で飾り気がなく、ぶしつけと言ってもいいけれど、だけどどこかに恥じらいも混じっているような、すこし暗い声。

「これまでに撮った作品を送るからそれで検討してくれないかな」

　相手はそう言って電話を切った。

　数日後、ＤＶＤが送られてきたので、見た。

それは映像で書かれた詩だった。

顔の見えない男が着ているシャツの縞が飛び出てきて近くの椅子に絡みついたかと思うと、キャンパスを歩いている女子大生の身体にまとわりついたり、壁に大きな猫の顔が現れてそれが歪んだり、そのプロセスがなんとなく不自然で不気味だった。

「なんだこれ」

刈谷は思わずつぶやいた。

ところが、

「これはすごい」

と興奮した者がいた。彼女の隣でビールを呑みながらリビングのテレビ画面を眺めていた父だった。

「これはすごい」

父はもういちど唸（うな）るように言った。そして、実はこれを撮った学生から出演依頼が来ているのだと話すと、

「ぜひ出してもらえ」

と強く勧めた。

杏奈の映画好きは父の道久（みちひさ）譲りである。ハリウッドの商業映画も好きだが、ヨーロッパの

アート映画もよく見ていた。スウェーデンのイングマール・ベルイマン、ロシアのアンドレイ・タルコフスキー、イタリアのフェデリコ・フェリーニ、そしてフランスのジャン＝リュック・ゴダール。

ただ、ゴダール映画のヒロイン、アンナ・カリーナのファンだった父から杏奈という名前をもらったのだが、これはなかなか口にしにくい。海外映画祭のパーティで、西洋風に苗字と名前を逆さにして、「アンナ・カリヤです」と自己紹介すると、「いい名前だね」なんてニヤニヤされる。あんな完璧な美貌と比較されたらたまったもんじゃない。

ともかく、父が強く勧めたので、刈谷は出演を決めた。

撮影当日、指定された無地のノースリーブのワンピースを着て荒川の土手に登ると、結城が小さなカメラを手にして立っていた。ほかにスタッフはおらず、撮影現場らしい雰囲気はまるでない。チューイングガムを渡され、嚙んでと言われてそうしたら、こんどは膨らましてくれと言われ、またそうした。刈谷がガムで風船を作り、破裂させるところを結城は何度もテイクを重ねて撮った。顔に張り付いたガムの糖分で肌がベトベトして、嫌になった。

完成した映画の中で刈谷の顔や身体は完全に素材として加工され、歪められ、溶けたり光ったり、雲や樹や土手の草と混じり合ったり、からみついたり、流れたりし、膨らませたガムは破裂して、飛沫（しぶき）となって飛び散って雨となり、荒川の川面にいくつもの水の輪をつくった。

そこには液体のイメージがあった。そして流体の官能も。刈谷の顔や身体が液体となってまとわりつき、不思議なエロスを醸し出していた。

「なんだこれ」

完成した「だけどH_2O」を結城の通う大学の視聴覚教室で見せられた刈谷は、またつぶやいた。しかし、得体の知れないものを目撃してしまったという心地よい動揺もあった。

「だけどH_2O」は、いつのまにか刈谷が名前を聞いたことのない海外の映画祭（短編映画専門だとか、実験映画に特化したもの）で次々と上映され、いくつか賞も獲った。それが決して村ののど自慢で鐘を鳴らした程度のものではないと感じたのは、結城にカメラを回してもらって撮った、第一回監督作品をドイツの映画祭に持っていったときだった。

「ああ、君は結城のガムの子か」

パーティで会ったドイツの映画研究家は刈谷にそう言って微笑みかけた。

住宅街の細い道を進んだバンは、雑木林を背にして建つ一軒家の前で停車した。スーツケースは俺が運びますよ、と光浦が言ってくれたので、刈谷はスーパーの袋を提げて玄関のドアを開けた。

ただいまと声を出して上がり、リビングルーム（ミーティングルームにもなる）に抜けると、結城がダイニングテーブルにいて、剝き出しの電子基板を眺めていた。

「なにそれ」

「グラフィックボード、パソコンの」

今回、仕事をした中国のメーカーから試作品をもらったんだそうだ。

へえ、使い勝手がよくなるといいね、と言いながら、刈谷はキッチンに食材を運んだ。

光浦がスーツケースと一緒に現れて、鍋の準備に取りかかった。その間に刈谷はオランダ土産のチョコをふたりに配った。

「どうだった、むこうでの作品の受けは？」

三人で鍋を囲み、味の品評会が一段落したとき、結城が、ロッテルダム映画祭に出品した光音製作作品、刈谷杏奈監督主演作の評判を訊いてきた。

「まあよかったんだけど、むこうの日本映画の専門家には、日本映画ぽくないねって言われた」

「それって褒め言葉なんですか」

光浦がビールを吞みながら言う。

「微妙。日本映画の専門家って、欧米の映画にないものを日本映画に見つけて喜ぶ人が多いからね」

「やっぱりそういう期待に応えるものを作んなきゃいけないんですかね」

と言う光浦の顔に煩悶の影はなかったけれど、

「応えたくないな、僕は」

と口を入れた結城の表情は硬く、

「でも、受けなかったとしたら、その原因は僕にあるのかも」

と言い添えた時には憂いの色も浮かんでいた。

結城は日本映画が嫌いだ。映画ファンなら誰もが崇（あが）める小津安二郎や溝口健二や成瀬巳喜男などの巨匠にさえ遠慮がない。

彼には嫌いなものが多い。好きなものと言えば、この近所に店を構えるきぬたやという蕎（そ）麦（ば）屋のせいろくらいしかすぐに思いつけない。

一方、刈谷のほうは、日本から出品された他の作品が業界や映画祭でどう評価され、それに比べて自分たちのそれがどんな扱いを受けているのかをあまり気にしなかった。それよりも、まだ満足できる作品を作れていないことに彼女の悩みはあった。光音には足りないものがある。その第一は私の能力だ。私は私に不満である。私はなりたい私になれていない。結城は社会こそが変わるべきだと思っているけれど、私にとって、変わらなければならないのは私だ。刈谷は自分や光音をそう査定していた。

スマホが鳴った。

——悪いな。休みの日に。

栄倉警部補は言った。

「なにかありましたか」

——いつ戻ったんだ?

「今日の夕方です」

——じゃあ知らないと思うが、鈴村凜って先生がいるだろ。

「衆院議員の?」

——そうだ。出馬は東京24区から。そう言われてもわからないだろうな、八王子だ。なので鈴村の事務所も八王子にある。その事務所のガラス戸が割られ、玄関に紅いペンキがぶちまけられた。

そんな程度で電話してくるのが不思議だった。確かに刈谷の勤務先は八王子署だけれど、明日出勤してからの連絡でいいじゃないか。すると栄倉は、それはたいした問題じゃないんだが、と続けた。

——この先生は先日、八王子駅前で演説している最中に、暴漢二名に襲われてるんだ。

演説中の政治家を襲う? 刈谷は耳を疑った。

「いつの話です」

——九日の日曜日。

ということは、一週間前になる。このニュースに覚えがないのは、ちょうどこの日に日本を出たからだ。

「議員に怪我は？」

――ないよ。だから、まあたいした問題じゃないとも言えるんだが。

けれど、こうして電話をしてきているのだから、やはりなにかあるはずだ。

「演説の内容に対する抗議だったんですか」

――いや、演説は新年の挨拶みたいなものだ。今年は日本にとって転換点となる年にしたいとか、レジームチェンジだとか、あとは、歴史認識問題を乗り越えて中国と新たな関係を作っていこう、とか。まあ当たり障りのないものばかりなので、やっぱり暮れにやらかしたあれだろう。

目の前の男ふたりは最近見た映画の話を小声で交わしている。ちょっとお待ちくださいと断って、刈谷は腰を上げた。スマホを耳に当てたまま階段を上り、上がってすぐのところの「ミキシングルーム」とプレートが貼られた扉を押した。分厚く重い扉はもういちど力を入れて押してやっと開いた。

正面奥に二台のスピーカーが並び、その手前には、上下スライド式のボリュームバーがついたミキサーボード、そしてトラックボール付きのマウスを載せたテーブル。これに向かって作業用チェアがある。左右と背後の壁にもスピーカーが設置されている。ここは映像作品の音処理をする部屋だ。作業チェアの後ろに壁を背にして置かれた二人がけのソファーに刈谷は腰を下ろした。

「あれと仰ったのは、去年の暮れに問題になった『再生産性がない』発言のことですか」

――そうだ。まだ尾を引いているらしい。

『再生産性がない』。ＬＧＢＴについて鈴村議員はテレビの討論会でそう発言し、さらに雑誌にも書いた。当然、問題になった。

「ということは、そう言われた側が怒ってガラスを割ったり、ペンキをぶちまけたりしたってことですか」

――まあ、そう考えるのが筋だよな。どうも後ろに団体がいるらしいんだが。

「ＬＧＢＴの権利擁護の運動をしている団体ですよね。団体名は？」

――いや、いまはまだそういう団体が後ろにいるのかどうかを調査している段階なんじゃないのかな。俺も詳しくは聞いていないんだ。

さっきから栄倉の態度が煮え切らないのはどうしてだろう、と刈谷は訝しんだ。休みの日にわざわざ連絡してきておいて、事件の内容の把握が甘すぎる。

「でも一応、その手の団体が焚きつけて、メンバーやシンパが暴挙に及んだと踏んでいるんですね」

――まあ、今のところはその可能性が濃厚だってことなんだが。

あいかわらずシャキッとしない。そもそも、鈴村議員が口にした「再生産性がない」はＬＧＢＴが子供を産まない事実を指したものだ。個人的には、それによって性的マイノリティを貶(おとし)めようとするのは底意地が悪いと感じるし、子供を産めない体質の女性までターゲットに入れてしまったのも、戦術としてはどうなんだ、と思う。ただ、言っていることが明確なぶんだけ、反論も組み立てやすいんじゃないだろうか。ＬＧＢＴ運動の支持者の中には、議論好きで理屈を並べるのが得意な者も多いだろうから、議論すればいいじゃないか。演説をしている政治家に暴力を振るい、事務所を破壊するなんて、それこそ生産的じゃない。

――俺もそう思うんだが、上は気にしている。

「上ってどこですか」

――俺が聞いたのは部長だが、部長は本部長からだそうだ。さらに本部長も上から詳しく調べろと言われているらしく、指示の出処(でどころ)ははっきりとはわからないし、訊くなって雰囲気なんだ。

これもまた不可解である。

「対策本部が立つんですか」

――いや、この時点ではあまりことを荒立てたくないらしい。

対策本部がことを荒立てる、という解釈もどこか変だ。

「誰がそう思っているんですか」

――とにかく、かなり上のほうだ。まあそのことはいい。

「え、いいんですか」

刈谷が訊くと、いいんだ、と栄倉はもう一度念を押すように言ってから、ここからが本題だというように語気を改め、実はローラー作戦の指示が出ていると言った。ローラー作戦とは捜査員を大量に動員して当たる捜査(この場合は被疑者の確保)である。

――とにかく早急に解決しろと言われてな、それで結構な人手が取られている。

「どこからですか」

と刈谷はもういちど訊いた。どうせ「上からだ」くらいしか答えてもらえないだろうと思ったが、

――永田町だよ。

とひとこと返ってきた。

なるほど。現政権に対する反逆だと解釈したわけだ。それにしても肝っ玉が小さい政権である。

「ではこの電話、明日はローラー作戦に加われってことですね」

――いや、刈谷はあきる野署に行ってくれ。

あきる野署？　思わず鸚鵡返しに尋ねた。

――実はもう一件あって、そちらの応援にいって欲しいんだ。

「もう一件？……どんな事件でしょう」

――ああ、秋川渓谷で遺体が発見されてな。……女だな、こりゃ。

「殺しですか」

――いや、首吊りだ。

「自殺にどうして応援が……」

わけがわからない。しかるべき手続きを経て事件性がないかどうかを確認し、なければ自殺として処理すればいいだけじゃないか。

――あきる野署からもローラー作戦に慣れた捜査員に応援に来てもらっている。結構な人数を吸い上げてしまったので、刈谷には秋川渓谷の件を担当してもらいたいってことだ、頼む。

なにこれ。要するに外されたってことじゃない。刈谷は呆然とした。

「私はローラー作戦には用なしってことでしょうか」

抗議の調子を込めて尋ねた。

――いやそんなことでもないんだが。

「女だから」

――こらこら。お前はいつもそうやって先走るだろ。

「先走ってよかったことだってありましたよね」

ローラー作戦に参加できないほど無能だと評価される覚えはない。刑事部の総務課から一課に回されたときも、そのハードワークに驚きはしたものの、それでもなんどか周囲から注目されるような功績を立てた。自分で言うのもなんだが、役立たずの女にはおあまりの仕事をあてがっておけばいいという筋立てには無理がある。

またかよ、と刈谷は思った。

これは嫌がらせだ。

警察は私を辞めさせたいのだ。

五年前、八王子署の刑事部総務課にいた刈谷が第一課に配転されたのは、映画製作を再開することを上司に報告したすこし後だった。映画製作と言っても、営利目的のものではないから、わざわざ報告に行く必要もなかったのだが、インディペンデント映画界隈ではそれなりに名が知られており、カンヌ国際映画祭のある視点部門（ドレスを着てレッドカーペットを歩くようなコンペティション部門ではないが、れっきとしたカンヌの一部門）や東京国際映画祭のアジアの未来部門をはじめ、いくつかの国際映画祭に出品し、テレビで取材を受けた実績もあったので、一応と思い、上司に話した。しかし、向こうは露骨に渋面を作った。映画に未練があるのなら、退職してそちらに専心したほうがいい、両立できるほど甘い職場ではないし、周りにもよからぬ影響が出かねないから、と説教調で諭すようなことを言われた。が、しかるべき窓口に出向いて相談すると、休日と有給休暇を利用して行い、職務に関して知り得た情報で利益を得ることがなければ問題ないという回答をもらった。

しかしそれ以来、上司はほとんど刈谷と言葉を交わさなくなった。そして数ヶ月後のある日、刈谷は総務課から一課への異動を言い渡された。

刑事たちはそれこそ徹底した現場主義者で、花形意識が強く、個性溢れる面倒なオッサンたちばかりだ。さらに一課は殺人、放火、強盗、誘拐、立てこもり、強姦など、物騒な事案を扱う部署である。希望もしないのに、そんなところに放り込むのは、嫌がらせ、もっと言えば辞めろというメッセージ以外のなにものでもない。

——そうむくれるなよ。お前が優秀なのは俺もちゃんとわかっている。

なだめるような栄倉の声で刈谷は我に返った。

——ただ、そういうふうに決めつけられちゃあ俺だってやりにくいだろ。

「すみません」

確かに、妄想気味に先走るくせが刈谷にないわけではなかった。「映画の見すぎだぞ」と嫌みったらしく注意されたことは一度や二度ではない。実際、推理を働かせる時、この事件はなんとなくあの映画に似ているなとか、あの映画ではこうだった、とよく考える。突飛な推理を聞かされた上司は怒る。ただ、二度ほど離れ技のような推理を披露して、それが的中した。

——それにこの件は刈谷向きかもしれないと思ってな。それでお前を抜擢したってところもあるんだ。

自殺の後処理に抜擢もなにもないだろう、と刈谷は白けたが、

「どういうことです」

といちおう尋ねた。

——遺体発見者ってのが映画の撮影隊でな。ブースタープロダクションって知ってるか？

「知りません。私は商業映画界にほとんど知り合いがいないので」

——そうか。でもまあ、鑑取り(かんど)のときには役に立つんじゃないか。

都合よく映画をダシにするな、と相手から見えないのをいいことに思い切り顔をしかめた

が、

「だといいですね」

と譲歩めいた言葉を口にしたのは、これ以上ぐずぐず言って栄倉に迷惑をかけてもしょうがないと思ったからだ。

栄倉は前の上司と比べるとずいぶんとマシである。刑事一課の中では、落ち着いて話を聞いてくれるタイプで、休日を利用して映画作りをすると伝えたときも、休みの日になにをやろうが勝手だからな、とまるで頓着しなかった（ただ、「先走るなよ」「映画の見すぎだぞ」という注意は前任者から引き継がれた）。

「では明日はいちど八王子に顔を出してから、あきる野署に出向きます」

刈谷は確認した。

――いや、こちらに来なくていい。直接むこうに行ってくれ。

なんとなく、追い出されたような気分になって黙っていると、

――そのほうが効率的だろ。また引き返して遠回りになるからな。

とねぎらうように栄倉が言った。確かに、八王子駅とあきる野署のある武蔵五日市駅は、立川でそれぞれ北と南に別れた先にある（武蔵五日市駅のほうがずっと遠い）。いったん八王子まで行くと、立川までまた戻って乗り換えなければならない。

「あきる野署ではどなたを訪ねればいいですか」

――署で訊いてくれ。

なんだって。刈谷は呆れた。そういえば、このあきる野署からも動員をかけたと言ってたので、となると残っているのは使えない愚図にちがいない。

「わかりました」

ふてくされ気味にそう答え、下に降りて、〆の雑炊を鍋からよそっている結城と光浦にシャワーを使うよと断った。

ふたりとも、どうぞと言ったなりこちらを見もせず椀を手に箸を動かしている。刈谷はスーツケースから着替えを出して浴室に行き、汗を流すとスエットの上下に着替えた。

「帰って寝る。スーツケースは明日取りに来るから」

といまはコーヒーを飲んでいるふたりに告げて、刈谷は玄関に向かった。

ダウンコートのポケットに手を突っ込んで、サラサラと流れる水音を聞きながら歩く。国分寺と小金井の間は、はけと呼ばれる崖線が続き、近くから湧き出た水がその急な傾斜をしたたり落ちている。この真姿の池湧水群と呼ばれる水流は、斜面の裾に作られた狭い水路、お鷹の道を細く縫うように流れていく。その流れに沿って敷かれた幅の狭い石畳を、洗い髪を冬の夜の冷気に曝しながら歩くと、五分ほどで木造二階建てのアパートについた。

いまどき清風荘なんて名前をつけている安アパートもめずらしいが、狭い台所に六畳の和室がついて三万円を切る家賃も破格だ。光音の店賃の約半分を負担している刈谷は、なるたけ住居の出費を抑えなければならない。駅からはすこし遠いが、光音が歩いてすぐなのも好都合だったので、ここに決めた。

暖房をつける間もなく、歯を磨いてそそくさとベッドに潜り込んだけれど、なかなか寝つけないのは、時差惚けのせいだけではなかった。

やはり納得できない。辞めさせたいのなら、ローラー作戦で敏腕のベテランと組ませてしごいたほうが効果的なのに。事件とも言えないような用件で西のはずれの山の中に行かせるなんて、嫌がらせ以外になにがある？

隣室の主が帰ってくる物音がした。結城も寝るためだけに清風荘の部屋を借りている。ふたりとも、食事や風呂は光音ですますが、徹夜作業以外では光音で夜を明かすことはない。結城のほうは光音に住めばいいじゃないかと思うのだが、けじめがつかなくなるからと言って清風荘に部屋を借りている。ただ刈谷にしてみても、変なオッサンに隣に住まれて、妙な真似をされる心配がないのはよい。では、結城が妙な真似に及ぶことはないのかというと、「顔と身体を撮らせて欲しい」と申し込んできたくらいだから刈谷の容姿を気に入っていないはずはないのだが、そんな素振りはまるで見せない。

あくる朝、刈谷は立川駅で乗り換え、各駅停車の青梅行きに乗った。さらに拝島駅で五日市線に乗り換え、終点の武蔵五日市駅からバスを使った。多摩川上流の山深いところにあるあきる野市警察署に着いたときにはアパートを出てから一時間半ばかり経っていた。

受付でバッヂを見せて、階段を上がる。小規模署なので、刑事課は独立していない。生活安全と組織犯罪対策と一緒にひとつの課にまとめられているその課の入口に立って、

「八王子署から参りました刈谷杏奈です。秋川渓谷の遺体の件で参りました。担当の刑事さんいらっしゃいますでしょうか」

と声を張った。声はがらんとした部屋にむなしく響いた。誰ひとり残っていない。ローラー作戦にこんなに動員をかけているのか。刈谷は驚くと同時に呆れた。

返事がないので、こうなったら発声練習のつもりでやるぞと思いながら腹式呼吸でもういちど、

「八王子署から参りました刈谷――」

と声を響かせた時、

「うぉーい」

と奥のほうから手と声が上がった。

「刈谷杏奈です」

体力を使うのは損だと言わんばかりに、椅子の背もたれにだらしなく背中を預けてこちらを見上げている男に言った。短く刈り上げた髪、逆三角形の輪郭の中の目はとろんとして、覇気というものがまったく窺えない。

「聞いてるよ」

男は大儀そうに、机の上の名刺箱から一枚取って刈谷に渡した。

警視庁　あきる野署

内藤雅行　巡査部長

「おいくつですか」

思わず訊いてしまった。

「五十だよ。少年老い易くってやつさ」

男は笑っている。

また出世の遅れた人だ。だいたい警官は名刺を渡すことがあまりない。身内にならなおさらだ。自己紹介が面倒なのかもしれないが、わざわざ渡すような名刺じゃないだろう。だが相手は、刈谷の表情が曇るのを見て面白がっているようだった。どうだ、こんな年齢で巡査部長のままのやつもいるんだぜ、とでも言うように。

確かに、ローラー作戦から外されて、こんな辺鄙な署で半端仕事を押し付けられているのだから窓際なのはまちがいない。

「秋川渓谷の――」

刈谷があらためて言うのを遮るように、内藤は隣の席の椅子を指した。

「こんな田舎までご苦労さん。アメリカ淵の件だよな」

アメリカ淵。聞き慣れない言葉を刈谷はくり返した。

「遺体発見現場の通称なんだ。中山の滝をそう呼ぶんだよ」

「でもどうしてアメリカ淵なんていうんですか」

「福生の横田基地からそう遠くないんでね。米兵の兄ちゃんらがそこの滝壺に飛び込んで遊んでたんでそう呼ばれてる」

するすると解説が続いた。刈谷は思わず尋ねた。

「このへんで育ったんですか」

ひょっとしたら自分でこの署を希望したのかもしれないと思ったのだ。

「いやいや。出来が悪いからこんなところに左遷されてるだけだ」

正直でわかりやすい解説に刈谷はすこし頬をほころばせて見せた。

「ただ、悪いことばかりじゃないぞ。事件と言っても窃盗と喧嘩くらいで、どちらも年に一桁に収まる平和な署だ。警察なんてヒマなほうがいいだろ」

面倒なので、そうですね、と刈谷は返した。すると、

「女優なんだってな」

と言われた。いきなりだった。

「さすがに声はよく通るが、顔はそうでもないな」

「ええ、よく言われます」

内藤は遠慮のない笑い声を上げた。

「オードリー・ヘップバーンみたいなのが来るのかと期待してたんだが、そう贅沢は言えないや」

自分の名前を棚に上げて言わせてもらえば、譬えが古すぎる。

「おあいにく様です」

内藤は笑った。

「そちらも。俺みたいなのと一緒じゃご不満だろうけど、すぐに終わるさ」

「遺体の身元はわかってるんでしょうか？」

「財布の中に保険証が入っていた」

内藤はコピーした用紙を見せた。

「北原芳治……。遺体は女性ではなく、鬘を着けてたんだ。おまけに赤いワンピースと」

内藤はどこか歌うように言ってから、

「女装だ」

「男性が赤いワンピ着て首を吊ったんですか」

「鬘も着けて」

栄倉課長もあんまりだ、と刈谷は思った。遺体の性別も確認してなかったなんて、よっぽどどうでもいいと思ってるってことだ。この件も、そして私のことも。

内藤は封筒から取り出した写真を机に置いた。それを手に取った刈谷の口から、「あ、これは」とひとことこぼれた。

「ヴィヴィアン・タムですね」

「なんだって?」

「ニューヨークで活躍する中国系デザイナーです」

「ああ、服の話か、混乱させるなよ」

「赤い牡丹の花の中に鳳凰がいますよね」

「え、ああ、気がつかなかったな、有名な服なのか」

「ええ、ていうか欲しかったんです」

「ほお。趣味が似てるんだな」

そう言われても返事のしようがない。

「だって、この寒いのにこんなもの着て旅立ったんだから、お気に入りだったんだろう」

「この恰好で檜原村まで来たんでしょうか」

「木の根元にオーバーコートが落ちてたよ。こっちは特に色気のないカーキ色のダウンのロングコートだ。所持品はそっちのポケットに入っていた。死ぬときは自分が一番好きな恰好でと思って脱ぎ捨てたんだろう。オカマに着られて首吊られちゃ興醒めだろうが、警察が文句をつける筋合いのものじゃないからな。つけるとすれば、どうして檜原村なんかで首吊ったんだってことだ。どうせならうちの管轄じゃなくて、秩父の山奥あたりでやって欲しかったね」

警察は暇なほうがいいと言ったが、自分が忙しくならなければそれでよしと思っているようである。

「身元の確認は保険証のみですね」

「現時点では。で、こっちが財布の中身だ」

その写真のコピーも出して見せてくれた。紙幣と硬貨で一〇六七〇円。

「所持品は財布だけですか」

「だな」

「携帯電話を持っていないのはどうしてでしょう」

「自殺するのに邪魔だろう」

「……自宅の鍵は？」

「泥棒に入られようがかまわないってことさ、死ぬんだから」

確かにそうだ。――自殺と決めつけていいのなら。

「検視報告はもう出ましたか」

「まだだが、そろそろだな」

「親族による確認は？」

「二年前に母親が亡くなって、故郷の岩手にもう肉親はいない。家も土地も処分しちまってる。両親の墓は地元の寺の墓地にあるみたいだが」

「寺の墓地に墓があるということは、檀家としては誰かが登録されてるってことですよね」

「それが北原だよ。母親が死んでからは、墓地代というか、寺の会費はまとめて送金していたそうだ」

「ほかに親族は」

「妹がいるはずなんだが連絡先がわからない」

「妹の連絡先が？」

「疎遠にしてたら、そういうことだってあるさ」

確かに、地方に行けばジェンダー観はさらに保守的になるだろうから、女装をする男が生まれ故郷とのつながりを切ったことは考えられる。けれど、妹の居場所など、戸籍を追いかけていけば簡単じゃないか。

「だから、それはいま問い合わせ中だ。昨日は日曜で役所は閉まっていたからな。今朝その連絡をしておいた」

「では、北原の勤務先には」

「そいつがわからないんで、今日はこれから新宿に出る」

そう宣言して内藤は、

「かったるいんだけどな」

とつけ加えた。

「新宿ってのは自宅ですか」

「ああ。住所としては市ヶ谷と新宿との境だ。勤務先もそこいらじゃないか」

「市ヶ谷と言えば防衛省でしょうか」

真面目な顔で冗談を言うと、これが受けた。

「女装してるようじゃ軍隊は無理だな。おそらく二丁目だよ」

新宿二丁目は世界的にも有名なゲイタウンだ。

机の上の電話が鳴った。内藤はだるそうに取って、ふんふんと相槌を打ってから、じゃあ送ってくれと言って受話器を戻した。

「出たぞ、検視報告。それを読んで新宿に行こう。捜査車両は確保してある。不動産会社にも連絡しておいた」

と言ってから大きな欠伸をした。

「あんたが運転してくれると助かるんだがな。俺は朝が苦手でね、かったるくてしょうがないや」

「喜んで」

勝手にしてくれ。刈谷はプリントアウトされた検視報告を取りに腰を上げた。

道中、内藤はみごとなまでに助手席で眠りこけていた。どうせなら後部座席で横になってくれていたほうが、耳元でいびきを聞かないですむのにと腹が立つほどに。そして、新宿に着く手前でむくりと起き上がってスマホを取り出し、間もなく到着するので鍵を持って待っていてくれ、と相手に伝えるとポケットにしまい、大きな欠伸をして、

「かったるいなあ」

とまた言った。口癖らしい。

北原のアパートはリバティコーポとカタカナ名だが清風荘と五十歩百歩の木造モルタル二階建てアパートだった。その前で待っていた不動産屋のオヤジさんから、終わったら集合ポストに入れておいてくれればいいからと言われて、鍵をもらった。

「中には入っていませんね」

受け取って刈谷が尋ねた。

「ええ、立ち入るなと警察に言われたんで」

「ありがとうございます。この鍵、捜査が終わるまでお預りさせていただいても？」

「え、ああ、二日かそこいらなら」

そんな必要ないだろ、と横で内藤がだるそうに言ったが、刈谷はこれを無視し、終わったら連絡しますので、と言って名刺をもらった。

外づけの鉄階段を上り、ドアの前に立ってふたりは白い手袋をはめた。

「回ってますね」

刈谷が部屋の外に取り付けられた電力メーターを手に持った鍵で指した。金属板の数字はゆっくりと繰り上がっている。

刈谷が鍵を渡す前に、内藤がドアノブを握ると、それはそのまま手前に開いた。

「やっぱりな」

とつぶやいて内藤が入り、刈谷も続いた。中に踏み込んだとたんに暖気に包まれた。照明はついていない。が、西に向いた小さな窓から午前中の外光がわずかに射して、真っ暗というわけではなかった。靴を脱いであがり、内藤が壁のスイッチを探して押すと、蛍光灯の灯りが部屋を照らし出した。

狭い台所には正方形の小さな白いテーブル、その向こうの六畳ほどの和室に机とベッドと衣装ダンス。そして、部屋の奥の角には本がうずたかく積まれていて、そのすべてが文庫本だった。本は全部文庫で揃えたい、同サイズだと積み上げても崩れにくいから、と結城が言っていたのを思い出したが、土嚢のように乱暴に積まれ部屋の隅で塊となっているそれからは、うずくまっている小動物のような印象を受けた。近づいてみると、すべてがミステリー小説だ。

ベッドは整えられ、そばに部屋を暖めていてくれたオイルヒーターがあった。

「消し忘れたんでしょうか」

「鍵と同じだよ。これから死のうってんだから、何を盗られようが、電気代がいくらかかろうが気にしやしないさ。検分に来る刑事のために暖めておいてくれたんだろ」

ベッドのヘッドボードの上には肖像画がかかっている。はす向かいにこちらを見つめている口髭を生やした若い男のまなざしから、いかにもゲイという印象を受けた。

衣装ダンスの扉は開けっぱなしになっていた。中を覗くと、不思議なことに女ものがない。刈谷はしゃがみこんでベッドの下にしつらえた抽斗を開けたが、そこに収められた下着もみな男性用だった。死んだ時に北原は女装していた。ということは、女になりたいとは思ったものの、実生活ではそれが叶えられずに、この世を去る時はせめて、と急ごしらえに変装したのだろうか。内藤が衣装ダンスの扉を閉めて、

「だれだこいつは」

と言った。観音開きの扉の片方にB5サイズの男の写真が貼られていた。長髪に包まれた下膨れの輪郭に一重まぶたの細い目。お世辞にも二枚目とは言えないその顔に見覚えはあるものの名前が出てこなかった。諦めて、踵を返すと机に近づいた。

天板にクランプでしっかり固定された支柱から伸びるアームに大きなディスプレイが取り付けられている。トラックボール式のマウスとキーボード。机の足の横にデスクトップ型の

パソコンが置かれ、ガラスになっているケースの側面から、細いチューブが電子基板の間をくねくね走っているのが見える。結城や光浦が、光音の編集室やミキシングルームで使っているものと似ている。水冷式の自作モデルだ。家賃とはちがい、PCにはかなり注ぎ込んでいる。おそらくゲーマーだ。動画の編集にゲーム用パソコンを使うと作業がはかどる、と結城も言っていた。

机の抽斗を開けた。はさみ、ボールペン各種、のり、爪切り、USBメモリ……。小さな紙箱があったので開けてみると、名刺があった。

BAR ぷらちなキング
北原芳治
〒160-0002 東京都新宿区新宿2丁目19 フジミビル
電話番号 03-3357-29××
＊カラオケ ハイレゾ対応してます♥

「やっぱり。二丁目にお勤めだ」
横から覗き込んで内藤が言った。

「このあと行ってみましょうか」

「バーがこんな時間からやってるもんか」

「そうでした」

「ただ、勤務先がわかったのは収穫だな」

内藤は横から手を伸ばすと、色違いの名刺の紙箱を取った。

北原芳治
プログラマー　システムエンジニア　コンピュータデザイナー
〒162－0067　東京都新宿区富久町11－×
携帯　090－2354－67××

「どっちが本職なんだよ」

「こちらの名刺にはここの住所が登録されてますね」

「なら、ここが自宅兼仕事場だな。どうりでご大層なパソコンがあるわけだ。けれど、プログラマーっていったら、花のＩＴ職だろうに」

内藤は部屋を見渡して肩をすくめ、刈谷は、ＩＴ土方(どかた)という言葉を思い出した。プログラマーの大半は、単調な長時間労働を強いられ、まるで使い捨ての作業員のように扱われていると聞く。

「なんだこれは。バーの会員証でもないみたいだな」

内藤の指先にパウチ加工されたカードが挟まれていた。

「どこにあったんですか」

「プログラマーのほうの名刺箱に入っていた」

虹色に染まったカードに、「レインボークラブ」という墨字があった。虹の弧の中に白抜きのアルファベットがA　G　Mと間隔をあけて均等に並び、各文字の下にはそれぞれ、All Genders Matterと三つの単語が割り当てられている。

「どういう意味だ」

横に来た内藤が首をかしげた。

「すべてのジェンダーは大事だ、くらいの意味でしょうか」

「ジェンダーってのは、男とか女とかって性別とどうちがうんだ」

「それは生物学上のセックスですね」

「で、ジェンダーは？」

「文化的・社会的につくられる性だってことくらいしか私にもわかりません。男らしさとか、女らしさもジェンダーの一種だと思います。あ、それで思い出しました」

刈谷は衣装ダンスの扉に貼られた写真を指さした。

「あの人も性的マイノリティなんです。男性から女性に性転換したトランスジェンダー。そしてプログラマーでもあります。名前はオードリー・タン。台湾のＩＴ担当大臣です」

「大臣だって。それはなかなか痛々しいな」

「どういうことですか」

「売れない俳優が、憧れのスターのブロマイドを部屋に貼るようなものじゃないか。——おっと、これはまずい譬え(たと)だったたな」

と意地悪そうな笑いを浮かべた。刈谷はこれを無視し、ちょっとすいませんと断って、内藤の手から虹色のカードを取り上げ裏返した。

北原芳治

All Genders Matter

読めたのはそれだけだった。

北原が性的マイノリティだったことは疑いようがないだろう。そんな彼が、「すべてのジエンダーは大事である」というスローガンを掲げる団体に登録するのもわかる。しかし、その団体の会員カードに、住所も電話番号もメールアドレスさえも載ってないのは不自然だ。

「これはもう逝きますってメッセージかね」

内藤が机の上の文庫本を手に取って眺めている。横から覗き込むと、『ロング・グッドバイ』という題字が読めた。この世に別れを告げるにふさわしい言葉だ。この小説はたしか映画になっている。監督名のロバート・アルトマンは思い出せたけれど、レイモンド・チャンドラーという原作者はいま知った。

「おっと」

内藤が声を上げた。本を机の上に戻すときに、キーボードに触れてしまったらしい。スリープ状態だったパソコンが起動し、ディスプレイが輝きだした。

「えっ」

と刈谷が声を上げた。

もう疲れた　なにもかも

大きな文字が飛び込んできた。それから、何行かに分けられて文字列が、映画のクレジットのように下から上へとせり上がった。

やった！　内藤が小さく叫んだ。

うんざりだ　さようなら
やっとなれたよ　どうでもいいと思えるように
もういくよ　このくだらない世界から
さようなら

「決まりだな。自殺。まちがいない」

その声は弾んでいた。これで店じまいができると踏んでのことだろう。

「部屋に入った人間に見せるようにセットアップしてたんでしょうか」

「だろうな。この『ロング・グッドバイ』といい、オカマってのはなかなか気が利くじゃないか。部屋は暖めて、死にますってメッセージもきちんと残す。いい心がけだ」

オカマという言葉は、当人ならまだしも、ノンケは使わないほうがいい、と言おうとしたが、

「さあ、署に戻って報告書をあげちまおう。そしたら終わりだ。よかったな、八王子に戻れるぞ」

と内藤が急かすので、ちょっと待ってくださいと押しとどめ、台所に移動した。

「なにか気になることでもあるのかよ」

キッチンの椅子に座って、検視報告書のコピーに目を落としていた刈谷に近づいて、内藤が尋ねた。

「ここのところなんですが」

「そういう細かい字は眼鏡がないと読めないんだよ。老眼鏡は車の中だ」

「『微かに吉川線のようなものが認められるが……』ってあるんです」

「それがどうした」

「吉川線って首を絞められたときに抵抗してできる痕です」

「おい、誰に向かって言ってんだ。知ってるよそんなこと」

「いや、ですから、それが残っているのなら、早々に自殺と決めるのはどうかと」

「お前、テレビドラマの見すぎなんじゃないの」

「いえ見ません」

「は？」

「テレビドラマはまったく見ないんです」

「ああ、そうか、映画か」

「はい」

「あのな、吉川線なのかそうでないのかの判別は難しいんだよ」

「たとえばどういう時に難しくなるんですか」

「首を括ったロープと皮膚がずれて皮膚に皺がよってだな、そことロープが擦れても、吉川線と同じものができる。首を括ったあとで、やっぱり死にたくないと思い直し、ほどこうとしてロープに手をかけても似たようなものはできるんだ」

内藤は急に雄弁になった。

「ただ、他殺の疑いは完全には消えませんね」

「ほぼ消えるよ」

「ほぼ？」

「もういちどよく読め。『微かに吉川線のようなもの』って書いてあるだろ。書いた担当官も自信がないんだ」

「ならこれは無視してもいいと？」

「だって遺書があるんだからな」

「遺書なんですかね、あれは」

「遺書じゃなかったらなんだ？」

刈谷は黙り込んだ。おいどうしたと内藤の声が聞こえる。すみませんちょっと。刈谷は立ち上がった。

そして、机の抽斗を開けてまた中を点検し始めた。

「どうしたんだ」

と内藤が言ってもやめない。おい、と語気を強めてもういちど呼ばれてようやく、

「この部屋の鍵がないんです」

と言って内藤を見た。

「なに言ってんだ、お前さっき不動産屋からもらったろ」

「いえ、そうではなくて。檜原村の遺体が身につけていたのは財布と保険証だけでした。だったら、携帯電話や鍵は部屋に残ってなければおかしくないですか。とにかく、ここの机の中身はみんな持ち帰りましょう。すみませんが、段ボール取ってきていただけますか」

内藤は呆然として立っている。年下のしかも女に指示されたと思って気に障ったのかしらと思い、

「すみません、お願いできますか。私、机の中身をもうすこし調べますので」

と足すと、黙って部屋を出て行った。怒ったのかもしれない。けれど気にしない。そう思うことにして、抽斗に注意を戻した。

　中段には大きさのちがう箱がいくつも入っていた。箱に書かれた説明書きを読んで、それらがパソコンの部品なのがわかった。電源だったり、メモリだったり、空冷用のファンだったり、ＣＰＵだったりだ。

　最下段の抽斗に手をかけた。Ａ４用紙を横にするときれいに収まるサイズだったので書類が詰まっていると思った。けれど、重いと予想した抽斗は滑らかに手元に滑ってきた。中に収められていたのは、スクラップブック三冊だけ。開いてみると、若い男の写真が（おそらく雑誌かなにかから切り抜かれて）貼られている。知っている俳優もいれば、雑誌のグラビアや広告のモデルと思われるのもいた。

「なんだか男の趣味が似ていて嫌だな」

　と刈谷は思わず苦笑する。

　スクラップブックの若い男の顔を鑑賞していると妙なことに気づいた。薄茶色の紙に貼られたイケメンの横にいくつか、マンガのような吹き出しが添えられて、中に書かれた台詞は、例えばひとりが――、

「古い観念に縛られてちゃ駄目だね」

　と戒め、その隣の男は、

「シンプルな話なんだよな」

と独りごち、三番目は、

「どうしてわかってもらえないんだろうか」

と嘆く。

そんな台詞がページをめくるとその後もときおり現れる。なににについて会話しているのか（もし会話しているとして）は不明だが、みな不満を表明していた。ではなにが不満なのか？　素朴に解釈すれば、「古い観念に縛られてちゃ駄目だね」は男と女以外のジェンダーを認めない保守的な社会に対する抗議で、「どうしてわかってもらえないんだろうか」は性的マイノリティの心情を吐露したものだと捉えられる。けれど、こんなのもあった。

「ベートーヴェンは作曲家？」

すると、その隣の別のイケメンが、

「ちがうね」

と答える。

作曲家以外のベートーヴェンなんているのか。

玄関で扉が開く音がして、内藤が戻ってきた。畳んだボール紙を脇に抱えている。そして、よっこらしょと言ってボール紙を折ってガムテープを貼り、箱を組み立て始めた。刈谷も一枚もらって一箱作った。

「ひとつで十分だろうが」

「これも持っていこうと思います」

「なんだそれは」

「見ますか。どうぞ」

刈谷はスクラップブックを見せた。

「なんだよ……うわ。馬鹿。こんなもの要らないだろ」

「ちょっと気になる点があるんです」

「この中に、好みの男でもいるのか」

「あは。なかなか面白いですね、それ」

「面白かない」

面白くないのはそっちの冗談だ。本音を言えば、こんな手合いは無愛想に突き放してやりたい。けれど刈谷は、冗談まじりに受け流すことにしている。それが相手を悪乗りさせると は知りつつも、そのほうがいいと総合的に判断しているのだ。

「パソコンも持っていきますよね」

「訊いてるのかよ。だったら持っていきたくない、が俺の答えだ」

「持っていきましょうよ」

「だったら最初からそう言え」

「じゃあ、持っていきます」

「俺、腰が悪いんだよ」

「どういう意味ですか」

「さっきちょっと触ったけど、やたらと重かったぞ、そのパソコン」

「ほんとですか。……あ、マジだ」

「だろ。よそうぜ」

「大丈夫です。私が運びますから」

「なんだよ、中にイケメンの顔写真がいっぱい入っているから、それ目当てで運ぶんだろ」

また同じ冗談だ。今度は無視して、四つん這いになり、机の下に頭を入れ、配線を外した。ヒップを鑑賞させることになるのが口惜しいがしょうがなかった。

結局、パソコンは内藤が持って降ろした。段ボール二箱と一緒に捜査車両の後部座席に積み終えると、ふーっとため息をついて内藤が言った。

「さて、帰るか。結構遅くなっちまったな」

「お腹すきませんか。何か食べていきましょうよ」

「……まあ、そうしてもいい時刻だ」

「食べたいものありますか」

「さあな、このへんはさっぱりわかんねーぞ」

「カレーはどうです」

「カレーか、悪くないね」

刈谷の提案で、茄子チキンカレーが評判の御苑近くの店に決まった。

ふたりはリバティコーポ前に捜査車両を路駐したまま、店まで移動し、カウンターで横並びになって食べた。

「先に出てるよ」

刈谷の野菜カレーよりあとに運ばれてきたビーフカレーをペロリと平らげた内藤はコップの水を飲み干して立ち上がった。刑事たちは食べるのが速い。事件が起こっていない時でも、急かされるように慌ただしくかっ込んでさっさと席を立つ者ばかりだ。

「すみません、すぐに行きます」

「昼飯ぐらいゆっくり食えばいいさ。大事件が起こってるわけでもないんだから」

内藤は楊枝をくわえて出て行った。

「ならばご厚意に甘えて」

と口の中で言い、自分のペースで味わわせてもらうことにした。

父も食べるのが速かった。そういえばあの人は映画好きだったけれど、DVDや録画したものをテレビで見るのを嫌った。映画はやはり大きなスクリーンで見なければという気持ちもあったんだろうが、完全に携帯を切って暗闇の中に座っていないと、仕事が気になって作品に集中できなかったのではないか。けれど、自分はそうはならないぞ、仕事は仕事、ご飯はご飯、映画は映画だ。刈谷はそんなことを思いながらなるべくゆっくりスプーンを動かそうとした。

ごちそうさまでしたと主人に声をかけて外に出ると、内藤はコートのポケットに片手を突っ込んで肩をすくめながら、スマホで誰かと話していた。その恰好がいかにも寒そうで、すみませんくらいは言わなきゃなと思っていると、スマホをポケットに戻して先に向こうが口を開いた。

「やっぱり都心に来ると寒さもすこしはましだな。ていうか、あきる野は二十三区より二度ほど気温が低いんだ」

おや、ひょっとして、寒空の下に立たせたこちらの負い目を柔らげる気づかいなのか。くるりと踵を返して歩きだした内藤の横に並んで、

「寒い中お待たせしてしまって……」

とけなげに詫びると、

「もうすこし早く食ってくれるとありがたいんだが、下手なことを言うといまはいろいろうるさいからな」

と言われ、ならばいっそ、その野暮なひとことも飲み込んでカッコつけろよ、とげんなりしつつも、

「じゃあ、コーヒーでも飲んで少しあったまりませんか」

と誘った。内藤は怪訝な顔を刈谷に向けた。

「すぐそこにドトールがあります。行きましょう。私、食事の後はコーヒー飲まないと気がすまないんです」

返事も待たずに刈谷は店に入ってレジカウンターの前に立った。あとから内藤がのそりと入ってきたのを認め、注文したブレンドコーヒーを受け取ると、

「二階の席を取っておきます」

と言い残して、階段を上っていった。

「どうしますこれから」

小さなテーブルを挟んで刈谷が言った。

「どうするって？」

内藤は不思議そうなまなざしで刈谷を見た。

「ほら、ぷらちなキング。北原が勤めてたバー、すぐそこですよ」

「だからさっき言ったろ。ゲイバーってのは夕方にならないと店の者が来ないんだよ」

「ならば、いっそ待って話を聞いて帰ったほうがいいんじゃないですか。面確もそこで行えばいいじゃないですか」

「……そうか、近親者がいないから職場の人間にするしかないんだよな。ただ、それまで何杯コーヒー飲めばいいんだ」

「映画見るのはどうでしょう」

「映画？」

「新宿なので映画館はたくさんあります」

「……すごいこと言うな。サボりましょうって持ちかけてるのかよ」

「もちろん署に戻ってまた出直せばいいんでしょうが、あきる野じゃそういうわけにもいきませんし」

「悪かったな、ど田舎で」

「それにこれはまだ事件ではないので」

「まだっていうか、事件じゃない。なのでさっさと帰って報告書に取りかかればいいんだ。そうすればお前だって明日には八王子に戻れるぞ」

「ですから念のために、です。あとでなにかを見逃してたなんてことになったら、初動でつまずいたな、誰が担当したんだっていうことになりかねません」

「だけどさあ、お前も読んだだろ、遺書」

「いや、あれ、遺書じゃないと思うんです」

「なんだって」

「少なくとも遺書じゃないようにも読めました」

「ん？　えっとなんて書いてあったっけ」

「ちょっと待ってください、ディスプレイを写真に撮りましたので。……まず最初は、『もう疲れた　なにもかも』そして、『うんざりだ　さようなら』」

「だろ。遺書じゃないか」

「次に、『やっとなれたよ　どうでもいいと思えるように』」

「つまり、この世に未練はないってことだ」

「それから『もういくよ　このくだらない世界から』」

「いくのはあの世、もう生きたくないって宣言だ」

「最後に『さようなら』。あ——本当だ遺書に読めますね」

「馬鹿、最初からそう言ってるだろ。これと文庫の『ロング・グッドバイ』を合わせりゃ完璧だ」

「でも、遺書じゃないようにも読めるんです」

「マジかよ」

「ええ」

「じゃあ『うんざりだ　さようなら』は？」

「とにかく、なにかに別れを告げているんですよね。この世とは限りません」

「『やっとなれたよ　どうでもいいと思えるように』は？」

「いままでは執着していたけれど、諦めることにした。つまり心を切り替えたわけです。そして、次の『もういくよ　このくだらない世界から』に続きます」

「そして、最後に『さようなら』か」

「そう感じながら毎日をやり過ごしている人はいるんですよ、自分をちゃんと評価してくれないような世の中は最低だって思っているような——」

結城のことを脳裏に浮かべながら刈谷は言った。

「てことは、なんだ、北原は誰かもしくはなにかに三行半を突きつけたってか」

「なので、ちゃんと調べておいたほうがいい気がするんです。吉川線のこともありますし」

「また吉川線かよ。しかし、マジで吉川線だとしたらこれは殺しだぞ」

ここで刈谷は黙った。内藤が顔をしかめる。

「お前の解釈を殺しにつなげれば、北原は三行半を突きつけた誰かに逆上されて、殺されたって筋書きになるんだぞ」

「ですから、なるかもしれないんです」

「かったるいじゃないか」

「でも、そうなったときには、かったるいなんて言ってられませんよ」

内藤はちょっと考えてから不満げに、

「まあ、オカマは痴情のもつれが多いからな」

「内藤さん、鑑取りするときに、その言葉は禁句ですからね」

「なんだよ、鑑取りするって勝手に決めんな」

「やっておきましょうよ。やってなにもなければ、安心して今日で終われるじゃないですか。私もだらだら引きずらないほうが好きなんです」

内藤はまた、かったるいなあ、と言った。それでも刈谷は粘り、とうとう、わかったよと言わせた。

「だけど、映画見てるときに署から連絡があったらどうすんだ」

「私が出ます。電話を預けてください。万が一かかってきたら、適当にごまかしておきますから。重大案件だったら映画館に呼びに行きます」

「ん？　てことはお前は見ないのか」

「ええ、適当に時間つぶしてます」

内藤は呆れた目で刈谷を見ていたが、「まあそれも手かもしれないな」とつぶやいた。

「じゃあ作品決めちゃいましょうか」

刈谷はスマホを取り出し、上映館のタイムスケジュールを調べはじめた。

「刈谷杏奈の主演映画は上映してないのかね」

からかうような調子で内藤が言った。

「先々週で終わってしまいました。渋谷のミニシアターでの単館上映です。それも夜の九時台の一回上映で四週間という短い期間だったんですけど」

そうかそれは残念だったな、と内藤は苦笑した。よかったですね、ややこしいもの見せられなくて。刈谷は心の中でそうつぶやいてから、

「これはどうでしょう。『デンジャラス・コップ』。――内偵中に相棒を殺された刑事が、夜のサンフランシスコを舞台に、組織殲滅の賭けに打って出る。お、いいじゃないですか。こ

れにしましょう。あと二十分で上映です」

内藤は、ほかにないのかよと愚痴をこぼしていたが、これだと時間のタイミングがバッチリなんです、と刈谷が勧めると、わかったよと言って店を出て行った。

それから刈谷は、席を窓辺のカウンターに移し、こんどは、武蔵五日市駅周辺のタクシー会社を調べ、店の外に出て、次々とかけた。低くした声で警視庁の者だと名乗り、ここ数日中で、カーキ色のダウンコートで女装した客を乗せなかったか、運転手に訊いて欲しいと依頼した。

次に電話したのは、検視報告書を作成した担当官だった。

――吉川線のことですか。

報告書のことで訊きたいことがあると伝えると、弱ったなあという声を出した。

「『吉川線のようなものが認められる』という微妙な書き方をされているので」

――一応そう書いておこうと思ったんですが。

「つまり、そのようなものが認められたことは確かなんですよね」

――そうなんです。そのへんは難しいって伝えたんですが、逆にはっきりしろって怒られちゃって。

「伝えたって。いつ誰に」

——だから内藤さんからさっき電話がかかってきて。

カレー屋の外でかけていた相手が検視の担当官だったと知って、刈谷は出し抜かれたような気持ちになった。

——ここはどうなんだって取り消せって詰め寄られて。

「ひょっとして取り消せって言われたんですか」

——いやさすがにそこまでは。ただ、吉川線だと殺人事件の扱いになるからって怒られて。

刈谷は耳を疑った。捜査が面倒になるから殺人事件にしないよう検視官に圧力をかけたんだとしたら、大問題だ。

——まちがってもいいから、はっきり書いてくれないと事件として動けないと言われました。

微妙で巧妙な言い方である。吉川線と書けと言っているようでもあるし、はっきり書けないのなら書くなと威圧しているようにも取れる。内藤の意図が後者なのはまちがいないだろうが。

——正直言ってそこまで自信があるわけじゃないんですよ。状況からして他殺の線は考えられないわけですから。

「でも、そういう臆断で報告書を仕上げるのも問題じゃないですか」

——たしかに。なので内藤さんにそう言ったら、まあそれはそうだなと言ってわかってはくれたみたいですがね。

礼を言って切った。どうしようかとすこし迷ったが、もう一本かけることにした。

――どうだ、そっちは空気がうまいだろう。

上司の栄倉はからかうように言った。

「いえ、いまは新宿に来ちゃってます」

――新宿？

「マルタイの住所がここなので」

――なるほど。で、片づきそうなのか。

「いまやってる最中です」

――そっちでは誰と組んでるんだ。

「内藤巡査部長です」

――内藤……。

「ご存知ですか？」

――いくつくらいだ。

「五十歳だと仰ってました」

――五十歳で巡査部長か……。

それだけ言って口を閉じた。そんな年齢で巡査部長なんてロクなもんじゃないな、とは言わない、刑事の中では割と紳士的なのだ。

「この人、ちょっと問題ありだと思うんですが、課長はなにか聞いてますか」

――いや、どうしてだ。

「とにかくやる気がないし、面倒なことに蓋をするようなところがあって」

――だけど、自殺の処理だろ、面倒なんてないだろう。

「そうですけど、私が念を入れようとすると露骨にめんどくさがるんです」

――ははは。まあ、そういうのはいるよ。よし、ちょっと調べてやる。下の名前は？

「雅行です。典雅の雅にゴーの行く。――そちらはいかがですか？」

――いま鈴村議員の事務所の者に、ここ最近で抗議してきた人間を挙げてもらい、それを洗ってる。

「レインボークラブという名前は捜査線上に浮かんできてはいませんか」

――ん？　なんだそれは？

「いや、なんとなく気になっただけなんですが」

――名前からしてＬＧＢＴ関連の団体だな。なにか気になるのか？

そう言われて理屈を述べようとしたが、北原が持っていた会員証と議員事務所襲撃事件と

を結びつける線は見えない。刈谷自身、気になる理由がはっきりわかっていないまま、

「いやなんとなく」

　と禁句を口にしてしまった。

「先走るな」と言われ、「そう思う理由は？」と追及されてこう答えると「なんとなくじゃないだろう」とよく叱られる。しかし、今日の上司はいつになく優しかった。

——気になることがあったら言ってみろ。ただし、よそで言う前に先に俺に話せよ。

　わかりました、と言った。総じて栄倉はいい上司だ。ただ、それだけに、ローラー作戦から自分を外したことが解せない。

「ところで、栄倉さんは新宿署の生安（せいあん）に知り合いはおられますか」

——ああ、ハコバンをやってたときに一緒だったのがいるよ。

「もしいま先方がお手すきならお会いしたいんですが、紹介してくれませんか」

——なんのためだ。

「死んだマルタイの勤務先が二丁目のゲイバーなので、すこし情報をもらいたくて」

　じゃあ電話してやるよ、と栄倉は言って、いったん切ると三分後にかけてきた。

——すぐに来てくれるなら時間が取れるそうだ。名前は辺見（へんみ）。

　仕事が早いし、面倒見もいい。内藤とは大ちがいだ、と刈谷は思った。

ここから新宿署までは歩くとかなりある。刈谷は捜査車両を停めたリバティコーポまで戻った。

運転席に乗り込む直前、道の向こうでアパートをぼんやり見つめている若い男が目についた。なにをするでもなく、ジャンパーのポケットに片手を突っ込んでガードレールに腰かけ、身体をひねるようにして、こちらに視線を泳がせながら煙草を吸っていた。目が合った。チンピラ風の若い男は視線を逸らし、さりげなく冬空を仰いだ。自分を見ていたのか、視線を投げた先にたまたま刈谷がいただけなのか、判断がつかない。刈谷はいったん開けた捜査車両のドアをバタンと閉めて向きを変え、道を渡るべく、左右を見回した。

すると、相手は吸いさしを路上に投げて、足早に歩きだした。一服つけていたが折を見て歩きだしたようにも見えた。けれど気になった刈谷は、追いかけようと二三歩前に出てから、立ち止まった。相手を待たせているのだから、なるべく早く新宿署に着いたほうがいい。刈谷は踵を返し、車に戻った。

新宿署の手前で、パトカーを含む捜査車両の隊列と合流した。車列は新宿署の地下駐車場に吸い込まれていった。続いて駐車場の隅に刈谷が停めた時、先の車両から、人相の悪い男たちが次々と降ろされ、手錠をかけられたまま、奥の黒い鉄扉から署内へ連行されていった。

正面入口に回った刈谷は受付でバッヂを見せ、生安の辺見に取り次いでくれるよう申し込み、お上がりくださいと言われて奥へ進んで、エレベーターのボタンを押した。扉が開くと、手錠をかけられた男たちと連行中の刑事らが乗っていた。若い刑事が掌をこちらに向けて、次の箱を使ってくれという仕草をしたが、刈谷はバッヂを見せて乗り込んだ。先客はむっとした視線を刈谷に向けたが無視した。押されていた階のボタンを見て、組織犯罪対策課の刑事だとわかった。

手錠をはめられているマルタイが独り言のように「わけのわかんないことになってるよな」とつぶやいてから隣の仲間に、

「探すだけ無駄だからもうやめようぜって兄貴からオヤジさんに言ってもらえないかな」

と言った時、ずんぐりした熊みたいな刑事が、

「こら喋るんじゃねえ。誰が喋っていいって言ったよ」

と低い声で威圧した。さすが組対は迫力がちがう。

扉が開いて訪問先のフロアに降りるとすぐに、刈谷巡査長だね、辺見ですと声をかけられた。生安の捜査員だけあって、組対と比べると物腰がやわらかい。

「なにかありましたか。組対がかなりの数しょっ引いてましたけど」

閉まった扉に視線を向けて、刈谷が尋ねた。

「ああ、抗争があってね――じゃあ、こちらへ」

廊下を歩きながら辺見が言う。

「とにかく、ここんところ新宿は揉めてるんだよ」

聞いてみると、先週の火曜と水曜、ヤクザと中華系マフィアとの間で、立て続けに大きな衝突があったようだ。

「青竜幇(チンロンパン)って中華系の連中が勢力を伸ばしてきているから、このへんをずっと根城にしてきた東郷(とうごう)組には、縄張りを侵食されているって危機感があるんだろうな」

「先週の衝突もかなり激しかったんですか？」

「死人が出たそうだ。もっとも青竜幇(チンロンパン)は面子(メンツ)もあって、殺(や)られたことを認めていない」

「一般人には怪我はなかったわけですね」

「あったら大変さ。ただ、ほうっておくと一般人(カタギ)も巻き込む抗争に発展しそうなので、組対も警戒してるみたいだ」

「構成員とはいえ死者まで出たんなら、報道されてもよさそうなものですけど」

刈谷が尋ねた。

「そうなんだけど、殺されたのは密入国者らしいんだ。これがあからさまになると、入管も相手にしなきゃならないんで、それを嫌って口を割らない。――じゃここでいいかな」

辺見はフロアの隅に置かれた応接セットを指さした。

「ああ、二丁目のぷらちなキングね、よく知ってるよ」

店名を告げて情報が欲しいと言うと、辺見は気軽にうなずいた。

店主は大滝誠吾（おおたきせいご）。三十五歳。

「二丁目界隈のゲイバーの顔役みたいな人だね」

そう説明した辺見は、もと同僚から連絡をもらったこともあってか、協力的だった。

「会ったことがあるんですか」

「なんどもね。こちらが情報をもらいたいときに呼び出して、二丁目の喫茶店で落ち合うことが多いな」

「たとえばどんな相談をするんです？」

「二丁目で、誰それが風営法に触れる行為をしているなんて噂があると、まず彼から話を聞くんだよ、最近なんか変わったことはないのって」

「顔役って仰いましたけど、そのわりには若いですね」

「この店自体が顔的存在なんだ。前のオーナーが同業者の面倒をよく見たらしい。大滝を気に入ったオーナーが、引退するときに、引き継がないかって声をかけたみたいだよ」

「ぷらちなキングは飲食店としては優良なんですか」

「うちの方面だと大きな問題はないね」

「うちというのは生安ってことですか」

辺見が所属する生活安全課の仕事は、呑む・打つ・買うにまつわる犯罪の取り締まりだ。だから、バー、スナック、クラブ、パチンコ店、雀荘、ゲームセンター、ソープランド、ヘルス、デリヘルなどは生安の管轄と言っていいのだが、これに麻薬や暴力団、密入国なんかがからむと線引きがややこしくなってくる。

「いや大きく警察にとっては問題なしってことだ。消防のほうからは、ここは改善しろとかあれこれ言われているみたいだな。なにせ古い店だからね。昔はそれでもよかったんだけどいまの基準だと駄目ってことはある。あちこち傷んでいて、大滝もそれはわかってるから、直さなきゃとは言っていた」

「この従業員は知ってますか?」

刈谷は部屋から持ってきた名刺を見せた。

「北原芳治……知らないな。もっとも俺は店には行かないからさ」

「え、行かないんですか」

「ああ、さっきも言ったように、開店前に近くの喫茶店で話すことにしてる。だから店の中身はよく知らない。ノンケの俺が行っちゃ悪いと思ってね。というか、ゲイバーなんて、こっちだって居心地がよくないだろう。で、その北原ってのは？」

「四日前に檜原村で首を吊っていたところを発見されたんです」

「ふーん。で、そいつはぷらちなキングの従業員なのかい？」

「おそらく。住んでたアパートを捜索したらこの名刺が出てきたので」

「なら、まちがいないな。ただ、彼が店でどういう身分だったか俺は知らないよ。それに、ああいう店は客が来たらみんな名刺を渡すじゃないか。アルバイトにも名刺は持たせるからね。歳は？」

「四十四歳です」

「ふふ。なるほどね」

刈谷はすこしニヤついた辺見の顔を眺めた。

「なにがなるほどなんですか」

「誠吾はこのくらいの年齢の男が好きなんだよ」

これを聞いた刈谷は自分の不注意を悔やんだ。小さなバーの店主と従業員が恋愛するなんてことはいくらでもあるだろうに。そして、次には気が重くなった。だとしたらこれから、単に従業員ではなく恋人が死んだことを告げなければならないのだ。

「なんだ言ってないのか」

「ええ、ぷらちなキングに勤めていることさえさっきわかったばかりなので」

「じゃあ、俺が言ってやろうか」

「いえ、私が」

辺見は機器をテーブルに置き、スピーカー通話にしてプッシュすると、マイクが刈谷に向くように電話機を動かした。ワンコールで大滝ですがという声が聞こえた。身分を名乗り北原芳治を知っているかと訊くと、知っていると言うので、実はこれこれこういうことだと説明すると、一瞬絶句していたが、

「そうですか、それで？」

とぶっきらぼうに尋ねられ、少々面食らった。気を取り直して、最初の質問をした。

「北原さんはぷらちなキングにお勤めですよね」

「いや、もう辞めてます」

これは意外だった。

「……それは失礼しました。いつですか、お辞めになられたのは」

「三ヶ月ほど前になるかな」

刈谷はまた驚いた。辞めたのが何年も前なら、関係ないですよという態度に出るのもわかるが（それでも冷淡だと思うけれど）、ついこないだまで同じ場所で働いていた仲間が遺体

となって発見されたというのに、この態度はあんまりじゃないか。

「北原さんのことでお伺いしたいことがあるので、会っていただけませんか」

「……なんのお役にも立てないと思うんですが」

もしもーし。辺見が横から口を挟んだ。

「新宿署の辺見だけど、ちょっとでいいから話聞いてやってくれないかな」

「あ、辺見さんのお知り合いでしたか」

とたんに先方の態度が改まった。が、それでもまだ、困ったなあ、別になにも知らないんですよ僕は、などと言っている。ただ、辺見がもうひとことふたこと言い添えると、

「じゃあ、開店前の店に来てもらえるなら」

ということになった。

「もうすこし強く出たほうがよかったのかな」

礼を述べたあとで刈谷はつぶやいた。確かにそうすることはできた。市民が警察相手にシカトを決め込むことは難しい。けれど刈谷は、そのような搦め手（からめて）で相手を服従させるような真似もしたくない。ただ、やはり女は押しが弱いなどの評判につながるのは嫌だ。

「ゲイは女に冷たいんだよ」

辺見は変わった慰め方をした。

地下駐車場に車を入れて地上に上がると、歌舞伎町シネシティ広場の黒い街灯のそばに立ってまた何本か電話を入れた。架電先は、さっき目撃情報を求めたタクシー会社である。女装した客は乗せていない、乗せたらドライバーは必ず気がつくはずだ、という異口同音の返事があった。だとしたら北原はバスに乗って行ったのだろうか。

電話を切ってシネコンのビルに向かうと、中国語で会話する男たちのグループとすれちがった。見るからに観光客とはちがう。サングラスをかけコートに手を突っ込んでオラオラ歩いている。抗争後に萎縮しておとなしくしているようには見えない。これでは新宿署は大変だ、もしかして刑事や公安からも動員されるかもしれないぞ、と思った。

映画館のロビーで『デンジャラス・コップ』の終映を待った。館内に灯りがつく五分前に内藤はロビーに現れた。どうやらクレジットがはじまったと同時に席を立ったらしい。

「面白かったですか」

「ああ、痛快だったよ。俺もいちどあんなふうに悪党を撃ち殺してみたいね」

ですね、と言って刈谷は苦笑した。田舎の署のしかも窓際では、そんなチャンスはとうていないだろうが。

ではこれから、ぷらちなキングに行って店主から北原について聴取しましょう、先方には

もう連絡を入れてあります、と刈谷が言うと、内藤はぽかんとした顔つきになって、

「ああ、そうだった忘れてたよ。そのために映画見て暇つぶしてたんだった」

　このおっさんは本当に仕事をする気がないんだな、と刈谷は呆れた。


　ぷらちなキングは煤けた雑居ビルの地下にあった。乗っても大丈夫だろうかと心配になるくらい古いエレベーターで降り、木の扉を開けると、開店前の店内はまだ明るかった。カウンターとソファーの席がふたつ。二十人ほど入れば満席になるくらいの店構えだ。奥の壁には〝ぷらちなキング　オープン四十周年記念パーティ〟と書かれたポスターが貼ってあり、老舗であることが窺えた。

「いまマスターは出てるんです。おかけになってお待ちください」

　警察ですとだけ言うと、話は通っているらしく、カウンターの中で手を動かしている若い男が手元から顔を上げて言った。その声が明るかったので、刈谷はほっとした。

　さて、どこに腰を落ち着けようかと思っていると、「それじゃあ失礼」と内藤がスツールに腰かけたので、刈谷もそれに倣った。カウンターの上にも、記念パーティのフライヤーが置いてあった。日付を見ると、二ヶ月後だ。

「それは今日のお通しかな」

内藤が若い男の手元を見て言った。

「そうです。試されますか」

小鉢には里芋の煮っ転がしが盛り付けられている。

「いいね」

仕事には消極的なくせに、食べ物にはノリがいい。

「じゃあこれ、はい。今日初めて出すんですよ」

ふたつの小鉢と箸二膳、そして水の入ったグラスがふたつ、カウンターの上に載せられた。

内藤はごく自然に箸を取ってひとつ口に放り込んだ。

「ふん。君が作ったのか」

「そうですよ。スーパーで買ってきたものを出す店も多いけど、誠吾さんがそういうのを嫌うんですよ。どうですか」

「うまいよ。これを食いに来る客もいるんじゃないか。なあ刈谷」

いきなり話をふられて戸惑ったが、ここは同意するしかない。ええそうですね、と言うと、内藤は本当にうまそうに頬張って、

「いい嫁さんになるよ」

ときわどい冗談を言った。刈谷は一瞬ひやりとしたが、青年は客商売をしてるからなのか、

それとも相手と楽しくやることを優先しての芝居なのか、あはは笑っている。

「刑事さん口がうまいなあ」

「名前聞いてもいいかな？」

「もちろん。瀬戸俊です。俊って呼ばれてます」

「ああ、俊君さ、うちらがどんな用向きでここに来たのかは聞いてるかい」

とたんに、青年の顔が曇った。

「ああ、芳治さんのことですよね」

「そう北原芳治さん。俊君は知ってるの、北原さんのこと」

「ええ、もちろん」

「同じバイト仲間として？」

「まさか」

いつの間にか内藤が仕切る形になっている。『デンジャラス・コップ』を見て多少はやる気になったのかしら。危なっかしいところもあるが、ゲイを小馬鹿にして高圧的な態度に出ているわけでもなく、なかなか上手な出だしである。

すると、ドアが開いてスーパーの袋を提げた男が入ってきた。すぐに刈谷はスツールから下りて頭を下げた。

「先程はどうも。警視庁の刈谷と申します」

ああ、と男は言った。

「大滝さんですよね」

と刈谷は確認した。

「そうです。じゃあそちらに」

大滝は仏頂面のまま店の奥の壁を背に配置されたソファーを指した。内藤もスツールから下り、ふたりで移動した。

「で、なにを？」

スーパーの袋をカウンター越しに俊に渡すと、大滝はオットマンに尻を着けて向かい合った。

「北原さんのことについてお伺いしたいのですが」

先に刈谷が口を開いた。

「ええ」

「こちらではどんなお仕事をされてたんですか」

「アルバイトです。人手が足りないのでなんでもやってもらいましたが」

「勤務態度は真面目でしたか」

「まあ、そうですね」

「こちらにはどのくらい勤めていたのでしょうか」

「五年になるかな」

「どういった理由で辞められたんですか」

「一身上の都合です、まさしく」

さりげなく力が入っているように聞こえた。

「円満退職でしょうか」

「そうです。辞めたわけですから、本人には不満があったんでしょうが」

「人間関係でトラブルを抱えていたというようなことはありませんか？」

「それはあるんじゃないですか、誰にだって」

「例えば大滝さんとの間には」

「トラブルか。経営者と従業員だから、向こうはもっと待遇をよくして欲しいと思っていたのかもしれないし、こちらはこちらでもっとこうして欲しいと思うことはありましたが」

「では大滝さんは、北原さんのどのような点を改善して欲しいと思ったんですか」

相手の顔がここで曇った。

「……それってなんの目的で訊いているんですか」

「なんの目的ということもありません」

「彼は自殺したんですよね」

「それをいま確認しているところです」

「僕が彼にどんな感情を抱いていたにせよ、僕は従業員としての彼に苦情を言わなかったので、自殺の原因はここでの仕事ではないと思いますよ」

従業員としては苦情を言わなかった。従業員としては。

「彼はお仕事でプログラマーもしていたんですか」

「みたいですね、よく知りませんが」

「例えばIT関連の人が北原さんを訪ねて呑みに来られたなんてことはありませんか」

「覚えがありません」

「あのね――」

と横で聞いていた内藤が口をはさんだ。

「ちょっと聞きたいんですがね」

そう断って切り出した質問が、

「こういう店って、ノンケも来ていいものなのかね」

と見当はずれなものだったので、刈谷は絶句した。

「店によりけりですね。入れるところもあれば、入れないところもある」

「おたくはどうしてるのさ」

「冷やかしでないのなら、来ていただいても結構ですよ」

「やっぱり本筋はゲイのお客さんですか」

「そりゃもちろん」

「ほお。で、北原さんってのはモテたんですか。いや、こういう言い方はよくないか。聞きたいのはお客さんから人気があったかってことなんですが」

カウンターの中で俊がくすりと笑うのが見えた。背中を向けている大滝は気づかないだろうが。

「まあ、それなりにですかね」

「モテたのは、同好の士に？」

「……同好の士とは」

「いやね、ゲイと言ってもいろいろあるなんてことは聞きかじってはいるんですよ。例えば、いまはオネエ言葉を使うタレントも出てるでしょ。今日ひさしぶりに映画を見てきたんですがね、昔は毒舌で有名なゲイの映画評論家がいたなあ、なんて思い出して」

「ああ、おすぎさんですね」

「そうそう。あれもオネエ言葉を喋っていたけど、スカートは穿いてなかったな。大滝さんなんかごく普通の美男子に見えるけどね」

「美男子ではありませんが」

「いやいや、惚れる女がいてもぜんぜんおかしくないでしょう。で、北原さんの場合はどうだったんです」

「モテたかどうかってことですか」

内藤は首を振って、というか訊きたいのはタイプなんですよ、と言った。

「女装しておられましたので」

女装……と大滝は口の中で転がしてから、

「女装というのはどんな？」

と訊いた。

刈谷は、書類の中から牡丹と鳳凰柄の赤いワンピースの写真を取り出して、テーブルに置いた。じっと見つめている大滝の目の前に、こんどは鬘を外した遺体の写真を並べた。

「北原さんですね」

と尋ねた。大滝は黙ってうなずいた。面確終了。心の中でつぶやいて、刈谷は写真を戻した。内藤が尋ねる。

「普段から……、なんて言ったらいいんだろ、こういうのを着ている人だったんですかね」

大滝は重い口を開いた。

「日常生活で女装をしているところは見たことがありませんね」

「例えばこの店で接客するときには？　言ってみればコスチュームとして」

大滝は黙って首を振った。

「ないのかあ。ふむ。では、北原さんがそのような趣味をお持ちだということは？」

「……ええ、知ってましたよ」

返事があるまですこし間があった、と刈谷は感じた。それに、北原に女装の趣味があったのなら、どうして女物の服や下着があの部屋に見当たらなかったのだろう。

「ただ、うちはそういう店じゃないので」

なにか言葉を濁しているような気もする。内藤はここを深掘りしていくのかと思ったが、

「で、どうですか、最近の景気は」

と急に話題を変えた。

「いや、もうぼちぼちです」

「経営しているのはここだけですか」

「ええ、増やしたいんですけどね」

それから内藤は、一日だいたい何人くらいの客が来るんだとか、二時間ぐらいここに座って三杯ほど呑んだらどのぐらいの払いになるんだとか、バーの経営でいちばん難儀なことはなんだとか、挙げ句の果てには、防虫やねずみ駆除のために業者を使ったりするのかとか、まったく関係のないことをくだくだと尋ねてから、

「いや、開店間際にお時間取らせて申し訳ありませんでした」

と言って立ち上がった。刈谷も腰を上げざるを得なかった。ふたりは木の扉を開けて店を出ると、エレベーターのボタンを押した。

その時、扉の横の壁に虹が架かっているのに気がついた。虹の下には、All Genders Matterという文字も弧になっている。それはレインボークラブのポスターだった。

刈谷は半ば呆然とそれを見た。隣の内藤の視線もポスターに注がれている。すると、店の扉が開いて、アルバイトの俊が現れた。

「外出かい、開店間際なのに」

内藤がにやにや笑って声をかけた。

「なんだか氷が足りなくなりそうなので、念のために」

「店に製氷機があったじゃないか、あれで追いつかないほど盛況なのかい」

「いやあ、壊れかかってるんですよ、あれ」

そんなことはどうでもいいと業を煮やした刈谷は、横から割り込んだ。

「このポスターは北原さんが貼ったんですか？」

「いや、貼らせてくれって言われたんですよ」

「誰から」

「そのクラブの兄さんらが来て」

「どんな人たちでした？」

「どんなって言われても。なんかあんまりゲイっぽくなかったなあ」

エレベーターの扉が開いた。

「北原さんの紹介だということではなく」

乗り込んで、刈谷が尋ねる。

「いやまったく。まあ、『すべてのジェンダーは大事だ』って言ってるぶんには、別に問題ないんじゃないかと思って、ここだったら貼っていいですよって言ったんです」

「この団体はゲイの間では有名なの？」

「いや、ぜんぜん知りませんね。なにか気になるんですか？」

部屋に会員証があった、と刈谷が答えようとした時、またしても内藤が割り込んだ。

「もうすぐ四十周年らしいけど、派手なパーティをやるのかい」

内藤はフライヤーを手にしていた。カウンターに置いてあったのを取ったらしい。

「ええ、それで大変なんです」

扉が開いて三人は外に出た。

「そうだな、四十周年ともなれば、シャンパンとかワインとか高級な酒も買わなきゃならないだろうし、酒代ってのは先払いなので大変だろ」

「え、刑事さんがどうしてそんなこと知ってるんですか」

「そりゃ俊君、年の功ってやつさ」

わあ、かっこいい、と言って若者は愉快そうに笑ってから、急に真面目な顔になった。

「あの、こういうこと言うのはよくないのかもしれないけれど、さっきの誠吾さん、あの言い方はないなって思っちゃいました」

「ほお。それは北原さんにかな」

「ええ。芳治さんはバイトなんかじゃなかったんですよ。半分とまではいかないけれど三分の一くらいは共同経営者みたいなものでした」

「ほほお」

内藤は口をすぼめた。そのしぐさは、感づいてはいたけれどいま知ったふりをしておく、というふうにも見えた。

「てことはたがいに彼氏どうしだったたってことだね」

俊はこくりとうなずいた。

「誠吾さんを支えていたのは芳治さんだったのにあんな言い方して」

「支えてたってのは？」

「詳しいことは知りません。ただ、大丈夫だ俺がなんとかするよって誠吾さんを励ましているところは見たことあります」

「どうして別れたのか知ってるの」

内藤が尋ねた時、俊はこれ以上は喋れないと思ったらしく、じゃあ僕こっちなんで、と言って別の方角に足早に去った。

内藤は舌打ちし、

「焦っちまったかな。もう少しじっくり浸ければよかった。まあ、そんな暇もなかったか」

と言ってから車の鍵をくれと手を差し出した。渡してやるとそのあとは押し黙ったまま駐車場まで歩いて、捜査車両に乗り込んだ。内藤が座ったのは運転席だった。すぐには発進させず、しばらく黙っていたが、

「なんかおかしいな」

といきなり言った。刈谷もそう思っていたが一応、

「なにがです」

と尋ねた。

「北原と店長の大滝はできていた。少なくとも俊の目からはそう見えてたってことだ」

「それを隠してましたね」

内藤は口の中でそうだなとつぶやいて、

「大滝はかなり金に困ってるぞ」

と決めつけるように言った。

「どうしてそう思うんです」

「あの店はかなりガタがきてる」

たしかに、もうすぐ四十周年を迎えるだけあって、ピカピカとは言いがたかった。

「冷蔵庫も製氷機も古い。空調も駄目だ。内装だってそろそろ変えなきゃいけない頃だと俺は見たね。全部で二〇〇万くらいはかかるだろう。さらにパーティの準備でもう一〇〇万」

刈谷は驚いた。ぶらちなキングに足を踏み入れてから、内藤は刑事として覚醒したかのようだった。どうしてそんな計算がすぐにできるんです。それも年の功ですか、と刈谷が訊こうとしたときだった。

「俺んちは母子家庭でな、母親が焼き鳥屋やって大学まで出してくれた。飲食店なんてのは、見た目とちがってあまり備蓄がないもんだ。だから公務員になれってうるさかったよ」

となると単なる当てずっぽうというわけではなさそうだ。

「金が絡んでいるんだとしたら、自殺だと決め込まないほうがいいかもな」

「え」

「報告書を書くのはやめだ」

刈谷は驚いた。破天荒な刑事が大活躍する『デンジャラス・コップ』が効いたのだろうか。

「金が絡んでいるってことですか」

「痴情のもつれって線もあるよな」

金と痴情のもつれで刈谷はストーリーを組み立てようとした。けれど、内藤に先を越された。

「大滝は金の入用に迫られていた。俊が言ったように、それを共同経営者で恋人だった北原が工面してやった。だけどふたりの関係は壊れた。じゃあ、金はどうなる」

「でも、関係が壊れたとして、それはなぜ？」

「それは心の問題だから、そう簡単に要約できない。前は好きだったけどなんとなく飽きちまったなんてのは、その理由も複雑だろうよ。それを分析するのは刑事（デカ）の手に余る。だけど、どっちかがほかに好きなのができたのなら、話は単純さ」

一理ある。

「もしくは趣味のちがい……ですか」

内藤がこちらを向いた。目がその先を話せと促している。

「北原は女装の趣味を恋人の大滝に隠していて、それを知って大滝が急に嫌気がさしたってことは？」

「……いや、ちょっと乱暴な仮説です」

口にしたとたん、ひどい推理だと自分でも思ったが、内藤は「なるほど」とうなずいた。

「わかってる。ただ、北原が大滝に隠していたなにかを知って大滝が別れを決意したってことはある。けれど問題は金だ。北原と別れると金ともお別れだ。縁の切れ目が金の切れ目じゃ大滝は困る」

そこまで言って内藤が口をつぐんだので、刈谷があとを引き取った。

「まず自殺を前提に考えてみますね。別れ際に、大滝は北原を深く傷つけた。傷ついた北原は自殺した。――この線は？」

「ある。で、そう考えるならば、『ロング・グッドバイ』の文庫とあのディスプレイの数行は遺書と考えていい」

「ただ、例えば北原が『別れるのなら金を返せ』と迫って、追い詰められた大滝が――」

こんどは刈谷が口を閉じて、

「逆上してロープかなんかで首を絞めて殺した。それから檜原村まで運んで首を括らせて自殺に見せかけた。これだと吉川線の説明もつくな」

と内藤が後を足した。

そしてふたりとも黙った。

沈黙を破ったのは、内藤だった。

「殺ってねえんじゃないかなあ、大滝は」

それはただの勘にすぎなかった。けれど刈谷もそう考えていた。

「殺しなんかできるタマじゃないだろう、ありゃあ」

それも同感だった。決めつけるのは危険だが、生身の人間に向き合って得た感触は貴重だし、

「それに、あんなアパートに住んでいる北原が大滝に金の工面をしてやれるとは思えんしな」

と複合的に判断して結論を出したのも同じ。

「ただ、俊君はそう言ってましたね」

「そうだな、言ってた」

「アルバイトがそこまでわかるのかなって気もしますけど」

「小さな店だからな」

　そこまで言って内藤はまた口をつぐんだ。

「レインボークラブについてはどう思いますか」

　刈谷は話題を変えた。

「調べよう」

　かったるいという言葉はもう出なかった。

「じゃあ、レインボークラブの件、私が引き受けてもいいですか」

「やれるなら」

「やります」

「そういえばあいつの部屋からスマホの類が出なかったな」

　そうだった。そして檜原村の滝壺の近くで発見されたときにも持っていなかった。

「さっきも言いましたが、固定電話も引いてなかったので、見つからないのはおかしいですね」

「こうなってくると、部屋の鍵がないのも気になってくるな」

「もういちどリバティコーポに戻ってみましょうか」

返事の代わりに内藤はキーを回した。

内藤が、階段の上り口に備え付けられた集合ポストに手を入れている時、刈谷は道の向こうを見つめていた。もちろん、さっき目撃した若い男の姿はなかった。なにもないなと言って内藤が階段を上りはじめ、刈谷はその後ろに従った。

ドアノブに手をかけた内藤が振り返った。なんだろうと思って立っていると、内藤は手前にドアを開いた。まだ鍵は挿し込んでいない。内藤はドアノブを握ったまま立っている。自分たちが鍵をかけ忘れたかどうかを思い出そうとしている、と刈谷は気づいた。

そろりと靴を脱いで、灯りをつけてから、内藤はまた立ちどまった。

「なにがあるんですか」

と言って前に出ようとした刈谷を手を横に広げて遮った。

「椅子を動かした形跡がある」

刈谷は驚いた。

「まあいいや、見てみよう」

そうつぶやいて内藤が奥に進んだ。こんどは刈谷にもわかった。ベッドの布団の状態が前とはすこしちがっている。

「とりあえず携帯と鍵を探そう」

膝をついてベッドの下の抽斗など念入りに見てみたが、見つからない。内藤を見上げ首を横に振ると、

「すぐに戻ろう」

と言って刈谷の返事も待たずに、外に出て行った。刈谷がもたもた部屋に留まっていると、「誰だ！」という怒声と鉄階段を激しく踏む音が聞こえた。慌てて二階の廊下に出ると、先のマンションの角を曲がって走り去る後ろ影が街灯に照らされ、かいま見えた。

「大丈夫ですか」

下に降りて刈谷は尋ねた。

「わからん」

車の横に佇み、男が消えた角を見つめて内藤が言った。息がすこし荒い。

「すみません」

刈谷は言った。怪訝な顔つきで見返してくる内藤に、実は車を取りにここに戻った時、道の向こうにチンピラ風の若い男が立っていたと打ち明けた。

「報告しておくべきでした」

「そいつと逃げた男は同じかい？」

「いえ、遠目にですが、服がちがっていたと見えたので、別人だと思います」

そう言ったあと、すみませんと刈谷はもういちど頭を下げた。

「気にするな」

内藤はドアを開けて乗り込んだ。

「ただやり直しだな」

キーを回してエンジンをかけ、刈谷が乗るとすぐに発進させた。そしてしばらく黙っていた。内藤がふたたび口を開いたのは、甲州街道の高架に上がり、新宿駅前を通り過ぎたあたりだった。

「痴情のもつれに金が絡んだくらいじゃこの動きはないよ」

「この動きって……さっき下で何があったんですか」

「あの野郎、スチールの長い物差しを使ってドアをこじ開けようとしてやがった」

車上荒らしの手口である。

「ああいう連中は必ずナンバープレートを確認するから、こいつが警察車両なのは知っての犯行だ。警察車両のドアをこじ開けようとする車上荒らしはいない」

「じゃないとすると――」

「ケチな盗人じゃないってことだ。ただ、相手がどこまでデカいのかはわからんな」

「なにを盗もうとしてたんですかね」

内藤は首を振った。

「そいつもわからん。はっきりしてるのは俺たちが持ち出したものの中に、そうされるとあいつらが困るものがあるってことだ。なにか思い当たるか？」

刈谷は答えに詰まった。

「見つからなかった携帯だが、俺たちが部屋に入る前に、あいつらが持ち去ったんだろう。もっとも、施錠してなかったところから察するに、鍵は持ってない。ピッキングで開けて入ったんだろうな」

そうですね、と刈谷は同意した。しゃがみ込んで鍵穴に針金を突っ込むピッキングの姿勢は、空き巣だと周囲に宣伝しているようなものだから、なるべく短時間ですませたい。なので、開けっぱなしで去るのが常套だ。

と同時に刈谷は、説得力のある推理を組み立てていく内藤について、暇な署に飛ばされた役立たずの窓際という見立てを撤回しはじめた。本人からそう自己申告があったし、そうとしか見えない態度に辟易していたけれど、ローラー作戦から外されたのが不思議なくらいキレるじゃないか。

「とりあえず、明日、北原の部屋から持ち出したものを調べてみよう。パソコンはうちの生安の人間に預けるしかないな。しかし、うちので大丈夫かな。強烈なプロテクトがかかっていたら立ち往生しそうだ」

「そのときは私が八王子署の生安に相談してみましょうか」

「頼むよ」

「お任せください」

「で、家はどこなんだ」

「私ですか。国分寺です」

「なら、駅前で落としてやる」

「内藤さんはどちらなんですか」

「その先の拝島だ」

「ああ、横田基地の近くですね」

「ただ、今日はこの車をあきる野署まで戻さなきゃいけない。遺留品のリストを作ってから帰るのは面倒だから、今晩は署に泊まるよ」

「手伝いましょうか」

「いいさ。帰って休め。ふたりでやるような仕事でもない」

ひょっとして独り身なのだろうかと思ったが、口に出さなかった。

「ひとつだけ決めとこうか」

東八道路を走り、野川を越えて多磨霊園に差し掛かったあたりだった。

「退くときは退くぞ」

「ひく……？」

「そうだ、これはまずいと判断したらな」

「まずいってのはどういうケースでしょうか」

「相手がヤバいくらいにデカいと察知したときだよ。そうなったら、素直に自殺だという報告書を書いておしまいにする」

刈谷が返事をしなかったのは、片手間仕事だと思われていた自殺処理が急に大きな事件に姿を変えて驚き、むしろ興奮していたからである。

「どうして警官になったんだ」

不意に内藤が尋ねた。

「内藤さんと同じですよ」

「俺と同じ？」

「親に勧められたんです。私は父親に」

「馬鹿な親父だ」

さすがにこれにはムッとした。しかし、次のひとことに言い返す言葉を失った。

「いいか、退くときは退くんだ。でないと天国の親父さんに申し訳が立たない」

「どういう意味ですか」

「どういう意味もこういう意味もないさ」

「……父を知ってるんですね」

「名前だけだ。仲がよかったわけじゃないし、険悪になるほどのつき合いもなかった」

「父が殉職した事件についてはなにかご存知ですか」

「知らないね、悪いけど」

「じゃあどうして、私が刈谷の娘だってわかったんですか」

「そんなによくある名前じゃないし、娘が性懲りもなく入庁したって噂は風の便りに聞いて、よせばいいのにって思ったんだ」

刈谷は黙った。

女子の就職難が社会問題になっている時期だった。面接官に生意気だと思われたのか、刈谷はよく落ちた。

ある映画会社での面接で、

「当社の邦画作品の中でもっとも好きなものは？」

と尋ねられ、

「ありません」

と答えて（今ならさすがにこんな答えはしないだろうが）三日後に不採用通知を受け取った日のことだった。帰宅した父親が腐っていた娘に、

「だったらそんなとこに就職する必要もないだろう。むしろ休日にコツコツ自分の映画を撮ったほうがいいんじゃないか」

と型破りな提案をし、

「だけど、そろそろ自立してもらわないと困るからな、どうだ、公務員試験でも受けたら。公務員ってのは、試験でいい点さえ取れば、たとえ面接の印象が悪くたって、そうは落とせないんだ」

とアドバイスした。

「でも、公務員試験の勉強なんかしてないよ」

「警官はどうだ」

刈谷は絶句した。

「筆記は簡単だし、体力検査をクリアすれば、あとは面接だけだ」

「だから、その面接で落とされてるんだってば」

「そこは演技力しだいさ」

「どういうこと」

「警察は、面接で『これまでの殺人事件で一番ワクワクしたものは』なんて訊きやしない」

「そりゃそうだけど」

「面接官が『こいつはなんとか落としたい』って思うのは『警官ぽくないな』って感じるやつだ。だから逆に、『いかにも警官ぽい』芝居をすればいいんだよ。カメラが回って、用意スタートがかかったと思って〝できる女警〟の芝居をすれば必ず受かる」

まさかと思ったが、半信半疑でやってみた。自分ではちょっとやりすぎたかな、と思ったが、みごと合格。クサい芝居くらいのほうがいいらしい。

「ほら見ろ」

と父は笑った。

「ただ、映画を作りたいんだったら刑事課はよせ。うちはブラックだからな」

じゃあどこに行けばいいのと尋ねたら、

「どこだろうなあ」

とさっきまでの切れ味がない。そして、

「調べておく」

と言って出ていったきり、この約束は永遠に果たしてもらえなくなった。

「俺には考えられないね」

運転席の内藤がハンドルを切りながら言った。車は東八道路を右折し、国分寺街道を北上しはじめた。

「親が殉職した後で警官になるなんて」

確かに刈谷も迷った。

「とにかく、わからないものはわからないままにしておく。退くときは退く。それでいくぞ、いいな」

話は北原の件に戻っていた。

「国分寺のどの辺だ。ついでだから近くで降ろしてやる」

隘路に入る手前で刈谷は降りた。

「明日、気になるところがあったらあきる野署に向かわずに、自分で動いてみてもいいでしょうか」

窓越しに運転席の内藤に尋ねた。内藤はすこし考えてから首を振った。

「いや駄目だ。とりあえず明日は署に来てくれ」

刈谷は不満だったが、わかりましたと答え、府中街道に抜ける道を教えた。

ベートーヴェンの正体

光音の玄関先でただいまの声を響かせて靴を脱ぎ、リビングに抜けると、ソファーに寝そべってタブレットでなにか読んでいた結城が、おかえりと首をこちらに向けて言った。夕飯はなにと訊くと、鰆(さわら)の西京焼だと言いながら起き上がり、カウンターキッチンの中に入って行った。

はっきり決めているわけではないが、食事の支度は結城と光浦の分担になっている。そして、料理に関しては刈谷より男たちのほうが上手である。焼き魚には小鉢がふたつついていた。ひとつはほうれん草のおひたし、もうひとつは里芋の煮っ転がし。ぷらちなキングの俊を思い出しながら箸でつまみ上げていると、結城がキッチンから声をかけた。

「今日は早かったね。もっと遅くなるのかと思った」

「どうして」

「だってほら、八王子は今日いろいろとあったでしょ」

「え、ああ、でも私は八王子に行ってないの。はぶられちゃったんだよね」

「へえ、そうなんだ。結構マスコミが集まっていたみたいだったからさ」

ようやく刈谷は、自分の知らないところでなにかあったのだ、と気がついた。

「炎上しちゃったけど、離党しなきゃいけないようなことなのかな」

すぐにテレビをつけたいところだったが、ここにはない。結城がテレビを嫌うからだ。ただ、ニュースだけは（特に海外のニュース番組を）、タブレットやスマホで見ている。

「かいつまんで教えて」

「だから離党したんだってば、鈴村凛」

聞いてないよ、と叫びそうになり、待てよ抗議するのは結城にじゃなくて栄倉に対してだ、なぜ教えてくれなかったのかと上司に怒りを覚え、そうか私は外されていたんだったと思い至って、改めて落胆した。

「どうして」

刈谷は結城に尋ねた。

「これはネット情報だけど、飯森（いいもり）のジジイから引責を促されたんだってさ。最初は庇っていたくせに節操ないよなあ」

「飯森って党幹事長の？　引責ってなんの責任を取れって？」

「『再生産性がない』発言で炎上したことだよ」

「それが……理由？」

「あれだけ世間を騒がして、また今回こんな事件が起こったのでって報道されてたね」

「でも今回、鈴村は被害者だよ」

「いちおうね。だからそういう意見もある。でも、そもそも『再生産性がない』発言が暴力だから、暴力を引き起こした原因は鈴村にあるんだってゲストコメンテーターの意見にキャスターがうなずいてた」

「それ、どこのニュース」

「NHK。その人は民放の番組にも出て同じようなこと言ってたな」

「何者、その人」

「アクティビストって名乗ってたよ。LGBTの権利を擁護する団体の。名前は忘れたけど、レインボーなんとか」

「レインボークラブ」

「いやちがう、レインボーサークルじゃなかったかな。気になるのなら調べようか」

「お願い」

「じゃあ、食べ終わったらコーヒー淹れてよ」

光音にはコーヒー担当はいない。手が空いている者が全員のぶんを淹れる。刈谷がケトルをコンロにかけて、食器を洗っていると、結城がソファーでタブレットを操作しながら、レインボーなんとかってのはいろいろあるんだな、とつぶやいた。

「あった。レインボーサークルの高槻健作って人だ。他にもレインボーコミュニティ、レインボーワールドなんてのがあるみたい。レインボーストリートの美津島薫って人も、教育再生実行委員まで務めた鈴村がこんな発言をするのを放置しておいた党に責任がある、なんて言って党の体質の問題にしているね」

それで離党？　おかしい。どこか変だ。けれどどこの違和感を刈谷はうまく言葉にできなかった。

「政治評論家は、この件が選挙に影響するのを避けるためだと言ってたけれどね」

「で、レインボークラブってのはなかったの」

「さっき刈谷が言ったからすぐに検索かけたけど、レインボークラブってのは歌舞伎町にあるサウナの会員組織だよ。大ガードをくぐる手前に看板が立ってるよね」

「サウナ？」

「ほら、新宿の映画館でよくＣＭがかかってたじゃないか」

サウナ・レインボークラブ〜、という妙な抑揚をつけたアナウンスが刈谷の耳に甦った。予告編が始まる前、まだ場内に薄く照明がついている中で流れていた静止画のＣＭだ。

「一ヶ月いつでも利用し放題で二万円。安いのかな、これって」

北原の部屋にあったあのカードってサウナの会員証なの？

「だったら店の住所と電話番号は書いてなきゃおかしいよ」

そんなこといきなり言われても結城にはわからないだろう、と思いつつ、

「それに、サウナの宣伝にAll Genders Matterはないでしょ」

「オール・ジェンダーズ・マター？」

「Black Lives Matterのもじりだろうね。すべてのジェンダーは大事だって」

「まあ、文法がどうのこうのっていうより、なんとなく変な英語だよね」

「どういうこと？」

「Black Lives Matterは、アメリカで黒人のおじさんが白人の警官に窒息死させられちゃったことを受けて、『黒人の命は大事だ』って宣言してるわけだ」

「知ってるよ」

「でね、Matterって単語はIt doesn't matterみたいに否定文で使われることが多いんだよ。だからBlack Lives Matterってスローガンは、お前たちは黒人の命なんて大事じゃないと思ってるんだろうけど、そんなことないぞ、大事だぞってニュアンスを含んでいて、そこが迫力につながってるんだよね」

帰国子女でもなく、留学経験もないのにこういうニュアンスを汲み取れる結城の語学力に

は恐れ入る。

「それに対して、All Genders Matterってのは心がこもってないというか、単純に物真似したっていうか……。だって、『すべてのジェンダーは大事だ』なんて言われても、『まあそうだよね』で終わりだもん。たぶん鈴村だってそう言うよ。そのあとに、『だけど異性間でしか子供は生まれないよね』って足せばいいだけだからさ」

「でも、その人の部屋にはレインボークラブの会員証が残されていた」

そんなこと急に言われても、と結城は言ってよかった。けれど彼は、「そうなんだ。不思議だな」と首をかしげながら訊いてくれた。

「その部屋の主は性的マイノリティなんだね」

「まちがいなく」

「で、その人の部屋には、そのレインボークラブの会員証が残されていた。一見すると自然だけど、そのスローガンはしっくりこない。疑問はここだ」

「そうなのよ。そのしっくりこなさをどこまで問題視するべきなのかな」

「僕はこのスローガンはかなり眉唾ものだと思う」

「だとしたら――」

「そのレインボークラブってのはＬＧＢＴの関連団体を装った、たんじゃないかな」

虚を突かれ、刈谷は一瞬呆然となった。レインボークラブと聞けば人はみなLGBT擁護の団体を連想する。その自然な連想を利用しての偽装工作……。

「つまり、あの会員証は北原の持ち物じゃなくて、LGBT運動とはまったく関係のない連中が置いていったってこと？」

思わず漏れた刈谷のつぶやきに、まあひとつの可能性として、と結城はつぶやいた。ありうる、と刈谷は思った。

「そうか、そいつらはそのあと彼が勤務しているゲイバーも訪れて、ポスターを貼らせてくれと言った。だけど、へまもしている。もともとLGBT運動なんかに目もくれないような連中だから、BLMを物真似してAGMにしたんだけど、そのスローガンはちょっとへんてこりんなものになった。で、なんのためにそんなことをしたかって言うと、その北原って人とレインボークラブが関係あると見せかけたかったから、ただそれだけ」

「関係あると見せかけるとどんな御利益があるのさ」

刈谷は黙ったあとで、

「わからない」

と首を振った。

「オーケー、じゃあとりあえずコーヒーを淹れちゃおうよ」

刈谷は、ケトルを持ったまま手が止まっていたことに気がついた。

あくる朝、刈谷は国分寺駅前のベーカリーショップでクロワッサンとカフェオレの朝食をすませ、中央線の下りに乗った。立川で下車する時、このまま八王子まで乗っていき、鈴凜事務所襲撃事件の捜査現場を覗きたい誘惑に駆られた。鈴村の離党を教えてくれなかった上司に抗議もしたかった。けれど内藤からは、今日はあきる野署に顔を出せと言われている。刈谷は拝島行きに乗り換えた。

刑事部屋はがらんとしてもぬけの殻だった。ホワイトボードを見ると、捜査員の名前の横がことごとく〝八王子ローラー〟と手書きされている中、〝内藤〟の横には〝第一会議室〟のプレートが貼り付けられていた。

ノックして会議室のドアを開けると、北原の部屋から持ち帰った遺留品を広いテーブルに並べて、内藤はおにぎりを片手に、『ロング・グッドバイ』のページをめくっていた。

昨夜は、立川に立ち寄ってワイシャツを買ってから署に戻り、遺留品のリストを作ったあとは仮眠室で寝て、今朝はシャワーを浴びたあと、新しいワイシャツに着替えてから、近くのコンビニで朝飯を調達してきたそうだ。

「すみません。お任せしてしまって」

「パソコンの中身は、パスワードがかかってなかったから、なんてことはなく確認できた」

「そうですか。なにか気になるものはありましたか」

「ない。きれいさっぱり消されていた。あの遺書なんだが、初期画面設定でキーに触ると起動するようになっていたみたいだ」

　刈谷が黙っていると、内藤が先を続けた。

「まあ、自殺しようとする人間が、パソコンをきれいにしておくというのは不思議じゃない」

　ええ、と刈谷は曖昧にうなずく。

「ただ、やつらが中身を消したってことも考えられる」

　やつら。北原の家にピッキングで侵入したやつ、リバティコーポの前で煙草をくゆらせていたやつ、警察車両のドアをこじ開けようとしていたやつ、これらをまとめて内藤はやつらと表現している。刈谷は心の中で、北原の部屋に会員証を置いてぷらちなキングにポスターを貼ったやつ、をつけ加えた。

「やつらはパソコンの中身が消去されてるのは確認した。ただ、紙とかモノで残っているないにかを探すために、部屋の中を物色せざるを得なくなった」

「ということは私たちが踏み込む以前に、少なくともいちどやつらが侵入してたってことですか」

「そうだ。その時点で、やつらが残しておいてもかまわないと思ったものは残していった」

「では、やつらがなにかを外から持ち込んで部屋に残したという可能性もありますね」

「レインボークラブの会員証のことを言ってるんだな」

刈谷は驚いた。

「どうしてそう思うんです」

「北原とレインボークラブって団体が関係あるように偽装したかったんだろ」

刈谷と同じ意見である。ならばと思い、

「なんのために?」

と結城にされた質問をこんどは内藤にぶつけた。

「カモフラージュだ。つまり、隠したいことがあるからだよ」

あっと声を出しそうになった刈谷は思わず、

「ですよね」

と勢い込んだ。

内藤は、なにを隠しているのかさっぱり見当がつかないけどな、と口の中でつぶやいてから、一枚の紙を刈谷に手渡した。

「とりあえずこれが北原の部屋から持ち帰ったもののリストだ」

刈谷が用紙とテーブルとの間で視線を往復させていると、「それとな」と内藤が言った。

「大滝の口座に五〇〇〇万円振り込まれている」

「え、それをどうして」

「まあな、裏技だよ」

裏技。確かに警察は盗品の売却などの疑いがある場合は銀行に協力してもらい、出入金記録を見せてもらうことがある。ただ、大滝はまだ参考人ですらない。ちょっと乱暴ではないか。けれど、咎（とが）める気持ちよりも興味が勝った。

「その五〇〇〇万円の振り込みは誰から？」

「北原。去年の暮れだ」

刈谷はかすれた声で「わからないな」とつぶやくのがやっとだった。

「まったくだ。あんなボロアパートに住んでいる北原がポンと大金を出せたのがまず解せない。ただ、銀行に記録が残ってるからな、これは事実だ。ぷらちなキングを支えていたのは北原だって言った俊の証言とも符合する」

「そこまでしたのに、北原はあの店を辞め、大滝とも疎遠になりました。私たちが鑑取りに顔を見せたときも、大滝の態度は北原に冷淡でしたよね。あれじゃ北原がかわいそうだとアルバイトの俊君が思うくらいに」

「そうだ。で、ともかく、ふたりは別れた。しかし金は大滝の手元に残った。このことをもういちど考えよう」

「まず、ふたりはどうして別れたんでしょう」

刈谷は昨夜（ゆうべ）と同じ質問をくり返した。

「俺が思うにあのふたりは複雑になりすぎて、別れざるを得なくなったんじゃないのか」

内藤が返した答えも昨夜と同じく複雑なままだった。ただ、今朝は複雑なりに続きがあった。内藤はレインボークラブの隣に並んでいたもう一枚のカードを、テーブルの上からつまみ上げて刈谷の前に放（ほう）った。

「これは……？」

目の前に落ちたカードに「宝クリニック」という文字が読めた。

「診察券だよ」

「もちろん、それはわかるんですが」

スマホを取り出した刈谷はその場で検索をかけ、「えっ」と思わず声を上げた。

――本当の自分になるために。

トップページにはそんなコピーがあった。

――ホルモン治療　睾丸摘出

「性転換が専門の？」

刈谷が呟くと内藤は首を振った。

「さっき、このクリニックに電話して訊いてみた。北原は来月には手術を受ける予定だった。施術代として約二〇〇万円がすでに振り込まれているそうだ。やっぱりちょっと羽振りがよすぎるな」

同感である。

「この金の出処はわからない。北原の口座の金の流れを探れなかったからだ。北原が口座を持ってる銀行に俺の裏技が使えないというだけの話なんだが」

ということは、ある銀行には、預金口座の中身を、もちろん捜査の名目でだろうが、調べてもらえるツテが内藤にはあるらしい。ひょっとしたらこの巡査部長は、できが悪いので閑職に回されているのではなく、切れ味が鋭すぎ、危なっかしい捜査で過去になにかしでかして、ここに追いやられたのでは。

「てなことで、アメリカ渕で北原が着ていた赤いワンピースの意味も、台湾のＩＴ担当大臣の写真を衣装ダンスの扉に貼った北原の心情もこれで解けたよ。北原は女になりたかった」

呆然としている刈谷の前で内藤は続けた。

「で、困ったことに、痴情のもつれって線も捨てられなくなった」

実は刈谷も困惑しつつ頭の中ではそんなストーリーを組み立てていた。

「ふたりはゲイ同士の関係だったのにそれがこじれたってことですね」

内藤はうなずいた。

「ゲイの大滝は男である北原を好きだった。けれど、北原のほうは男であることに馴染めなかった。そして女になって大滝を愛そうとした。けれど、それは大滝にとっては受け入れ難かった」

「まあ俺にとっちゃ、男を好きになるなんてのも想像の埒外（らちがい）だが、深い仲になった相手に性転換したいなんて言われたら、やっぱりおったまげるだろうな」

それはそうだろう、と刈谷も思った。

「で、普通なら、無理です別れましょうとなるんだろうが、金が絡んでくればそう簡単にことは進まないさ」

「こじれた挙げ句に大滝が北原に対して殺意を抱くというのはありそうな話ですよね」

「まあそうなんだが、正直なところ、この筋立てをどう思う？」

そう尋ねられ、理屈でなく、感覚的ななにかを優先して、刈谷は言った。

「どこか不自然ですね」

内藤がうなずいた。

「だよな。どこなんだろう」

「それについては、やっぱり内藤さんの直感が当たっている気がします」

「え、俺の？　俺がなんか言ったっけ」

「大滝は殺しなんかできるタマじゃないって仰ったじゃないですか」

「ああ、あれな」

「おそらく、北原が女になるんだと言ったときには、大きな亀裂がふたりの間に生じたと思います。が、これに金が絡んだとしても、大滝が北原を手にかけるとは思えないんです」

内藤は机の上に置いてあったおにぎりをもうひとつ取って、包装フィルムを剝(む)くとむしゃむしゃやりだした。そして食べ終わると、ペットボトルの緑茶をぐいと飲んで、

「ちょっとこのコンビは危険だな」

と言った。

「ふたりとも直感で先を急ぎすぎる。お前、言われたことないか、先走るなって」

「あります」

先走るな、勘でものを言うな、きちんと段取りを踏めと言われることはよくある。そして時どき、「映画の見すぎだ」がつき、ときには「女なのに」や「女だから」がつけ加えられる。

「ほどほどにしとかないとはぶられるぞ。ていうか、はぶられてここにやられたんだな」

内藤は冗談めかしてそう言ったが、刈谷ははっとした。八王子の捜査から外され、事件とも思えないような案件に回されたのは、もしかして単なる嫌がらせではなく、捜査に参加させるとまずいと判断されたからなのか。

これまでに、自分はこう思うんですがと上司に直言し、なぜそこまで言えるのだ、口を慎めと説教され、しかし結局、真相は刈谷が予言したとおりだった、ということが二度ほどあった。けれど、そんなときだって、たとえ今回お前の勘が的中したとしても、あんなふうに先走るのはよくない、調子に乗るなよ、と注意され、そのときは確かに、ありがたい指導かもと受け取ったのだが、いつのまにか減点が加算されてかなりのマイナスになっているのだろうか……。

「まあいいや。たがいに気をつけようぜ。で、大滝がシロだとすると、北原の死の解釈はどうなる。じゃあ、刈谷から」

「すぐ思いつくのは、女の自分を大滝に受け入れてもらえず、それを苦に自殺した、という線です」

「俺もそう思ったんだ。だって、北原にとっては本当の自分になるってことかもしれないが、無理です、受け入れられませんって大滝が言うのはしょうがないじゃないか。しょうがないから金はもういいやってなる。――そういうことだよな」

「はい、理屈としては」

「そう、理屈は通っている、一応な。自分は女になりたいと思い、女になって大滝と結ばれたいと思った北原だったが、その思いは拒否された。北原は絶望し、この世に未練がなくなって死ぬことにした。金はあの世に持って行けないから、返してもらわなくてもかまわない。北原は大滝を好きだから、喜んで残してやろう。――これはおかしな話だろうか」

刈谷は考えた。

「なんとなく不自然な気がします」

内藤は笑った。

「俺もだ」

刈谷もつき合って笑うことにした。

「ただ、ここらへんにはめ込んでおいたほうがいい気がするな」

つまり、不自然だと思いつつもそういう話として処理しようってことだ。おそらく、その線で報告書を上げてもお咎めは受けないだろう。

「金の説明はどうするんです？　北原が使った金のことですが」

「説明しなきゃいい。誰も知らないから誰も追及しない。ていうか、そんなもの報告書に書けないだろ、裏技使って知った情報なんだから」

「だとしても、私たちは知ってしまったので。内藤さんは気にはなりませんか」

「質素な生活をつづけてコツコツ貯めたって考えることにするさ」

「本当にそんなふうに考えられますか」

「努力するよ」

「私には無理です」

「……面倒くさいやつだなあ。だとしたら、なんの金だってお前は睨んでるんだ」

刈谷はすこし考えてから、例えばですよと前置いた。

「私の相棒に、今回ちょっと羽振りのいい仕事をもらった映像作家がいるんです」

「はあ、相棒？　彼氏かい」

「ちがいます」

「そんなに力強く言わなくてもいいよ。女優が監督とつき合うなんてのはよくある話じゃないか」

「いえ、監督は私です。彼は自分で実験映画を……、いやそれはどうでもいい。で、彼はあまり実入りのよくない仕事を数多くこなして小さな会社を回しているんですが、本当は彼には才能があるんです。国際的な賞も受賞しているんですよ」

憂鬱そうな結城の顔を思い起こしながら、刈谷の声に思わず力が入った。

ふーん、と内藤は気のなさそうな相槌を打ってその先を待った。

「でも、世の中にはその才能を拾い上げてくれる奇特な人がいないとも限らない。是非とも君に頼みたいという企業が、このあいだちょっと大きめの仕事を回してくれたんです」

「ははぁ、その結構な話を北原にも当てはめようっていうのかい。だけど、北原の才能ってなんだ」

「やはりプログラミングなのでは」

「それはないよ。IT産業が花盛りの昨今、そんな器量があるのなら、どこかがとっくに唾をつけてるさ。そのオードリーってのも、ゲイだかトランスだか知らないけど、ちゃんとIT大臣になってるじゃないか」

なるほど。たしかにプログラマーの線は捨てるべきかな、と思っていると、

「いや、待てよ。もうちょっと考えてみるか」

と内藤のほうが踏みとどまった。

「北原の才能がなにかってことは、コンピュータの素人が考えてもわかんないだろうからこっちは置いとこうぜ。だけど、北原を見込んでどこかが金を出したとしよう。だとしたらそれはどこだ。アップルかマイクロソフトか、グーグルかアマゾンか？」

思わず、自分でも予期しなかった言葉が、刈谷の口を突いて出た。

「レインボークラブ」

内藤は笑った。

「ＬＧＢＴ運動の団体が……？　だったら北原の売り物はやっぱりコンピュータ関連じゃないな」

「いや、レインボークラブはＬＧＢＴとはまったく関係ない団体です」

内藤の顔に表れていた笑いが消えた。そして、しばらく考え込んだあとで、

「……うむ、そっちに行ってみるか。じゃあ、これはどうだ。北原の周りをうろついている連中、俺たちが正体を掴めない連中は二種類いる。そう考えてみたら？」

驚いた。思いもよらなかった提案に、刈谷は興奮を覚えた。

「北原に金を出した者。これとは別に部屋の中を物色した者がいる。——そういうことです

か？」

「そうだ。お前は飲み込みが早いな。で、金を出した者、これを金主と呼ぶか。金主はなんのために出したんだ。もちろん北原からなにかを買うためだ。そのなにか、こいつは〝お宝〟と呼ぼうや」

「部屋を物色した連中はなんて呼べばいいですか」

「うーん、じゃあ盗賊にするかな」

「盗賊？　つまり盗賊はその〝お宝〟を盗もうとしているわけですね」

「てことだ。北原のパソコンの中身が空になっていただろ。あれは盗賊が中身をごっそり外付けの記憶媒体に移したんだよ。そのあとで、パソコン本体の中身は消去した。ほかの連中に奪われないように」

「だけど、その記憶媒体を持ち帰った盗賊は、その中にお目当ての〝お宝〟が見つけられなかったんですね。慌てて、北原の部屋をもういちど捜索しようとしたときに、タイミング悪く私たちが踏み込んでいた。これだと、部屋の鍵はどっちが持っているってことになりますか」

「断定はできないが、盗賊はピッキングして入ったみたいだから、少なくとも連中は持ってない」

「盗賊はまた部屋に忍び込んでさらに捜索するでしょうか」

「その線はないだろうね。パソコンの中にお目当てのものが見つからなかった時点で盗賊はリバティコーポに舞い戻り、俺たちが去った後でもういちど家捜ししたが、発見できなかった。きっと俺たちが持ち出したと判断して、捜査車両と知りながら車上荒らしを強行しようとした。なんとしてでも取り返す必要があったからな」

しかし、警察相手にそこまで大それた真似をする盗賊の正体とは何者だろう。

「ただ、ちょっと杜撰（ずさん）だな、やり口が」

と内藤が首をかしげる。

「パソコンのハードディスクの中身さえ移しておけば、お目当てのものは発見できると思った。それがないので慌てて現場に戻ったら、警察が踏み込んでいたなんてのはプロの仕事じゃないね」

「でも、プロの仕事ってなんですか」

「ほら、映画見てるといるじゃないか、その手のプロが。刈谷のほうが詳しいだろ」

「アメリカ映画で物騒なことを手際よくやっちゃうのは大抵ＣＩＡです」

「ＣＩＡがこんなヘマをやる映画を作ったら、当局からクレームが来るぜ」

と内藤は苦笑した。

「ただ映画では、予算がなくてＣＩＡが三流の工作員に下請けさせてそいつがヘマをやらかすって展開はありますよ」

「そうか。ＣＩＡの諜報員がやってくるんだけど、日本にその道のプロがいなくて、使った連中の出来が悪くてとんでもないことになるってコメディ映画はできそうだよな」

そう言って内藤はすっかり冗談にしてしまってから、

「とりあえず、この中に、盗賊お目当ての〝お宝〟がないか調べてみよう」

と言って、テーブルの上に広げられた遺留品の山を眺めた。


めぼしいものはなにも見つからないまま昼になった。

「とりあえず飯だ。食ってまた考えよう」

内藤に促され、刈谷も立ち上がった。会議室に鍵をかけ、署内の食堂に行くのかと思ったら外に出ようと言われた。

廊下で、署員の男たちとすれちがった時、ひとりが、

「お、内藤さん、役得だね、女優さんなんか連れて」

とからかうような口調で言った。内藤は足を止めて振り返り、

「おい」

と低い声を出した。

その声に相手も足を止めた。

「次は殴るからな」

そう言われた相手も顔をこわばらせ、前に一歩踏み出したが、連れが肘を摑んで止めた。そして、軽口を叩いたほうも思い直したように背中を向けた。ただ、歩きだす前にひと言置いていった。

「だとしたら、次はいよいよ免職かな」

署を出たところで、険しい顔をしている内藤に刈谷が声をかけた。

「すみません、私のせいで悪目立ちさせちゃったみたいで」

心にもない言葉だったが、場にそぐうようなものを選んだつもりだった。けれどこの気配りに内藤は冷淡だった。

「その一言はよけいだ」

「すみません」

「そんなことでいちいち謝るな。この先やっていけないぞ。もちろん、その度に俺みたいに激高していたらこれもやっていけないんだけどな」

そう言って内藤は笑ってみせた。そして、このちょっと先に近所の主婦が開いている食堂があるのでそこで食おう、と案内した。

豚肉の生姜焼を食べている時、刈谷はもういいだろうと思い、

「内藤さんはどうしてここに配転になったんですか」

と単刀直入に尋ねた。

「言ったじゃないか、できが悪いからだよ。少なくとも、上がそう判断したってことさ」

そう言われても信じられない。なにかを隠すための自己申告なのは疑いようがなくなっていた。

「なにかあったんですよね」

「そりゃ人生いろいろある」

「そんな言い方はずるくないですか」

「ずるくたってしょうがない。女優をやるんならずるさも武器にしてくれよ」

「どういうことです？」

「怒ったほうがいいと思うときには怒る、仏頂面を下げていたほうがいいときには無愛想にして、かわいく振る舞ったほうがいいときにはその手の芝居をするべしってことだ」

呆れた提案だったが、そう言えば父も似たようなことを言ってた。

「ただし、泣く芝居はよせよ。いくら効果があっても。女警が仕事中に泣いたら終わりだ」

冗談とも本気とも取れないことを口にしてから、内藤は食後のお茶をすすった。気がつくと、刈谷の質問はうまくごまかされていた。

コンビニのレギュラーコーヒーをそれぞれ手にして署に戻ると、また会議室に閉じこもって、もういちど遺留品を一から改めた。しかし、〝お宝〟らしきものはなにも見つからなかった。

こうなったら、ぷらちなキングに出向き、北原から大滝の口座に金が振り込まれていることを大滝の前で曝露して、なにか絞り出してやろうか。そんな相談をしていたら、会議室の電話が鳴って、近くに座っていた刈谷が取った。

——八王子署の栄倉課長から刈谷さんにお電話が入ってます。

女性の声がそう告げた。礼を言って出るときに、そうしたほうがいいと判断し、電話機をテーブルの上に動かしてスピーカー通話に切り替えた。

——もしもし栄倉だ。

「お疲れ様です」

——昨日、お前はレインボークラブって団体が捜査線上に浮かんでないかって訊いてただろ。

「はい」

――なぜその名前を？

刈谷は内藤の顔を見た。内藤はかすかに首を振った。

「いえ、昨日も言いましたように、なんとなくなんですが」

――なんとなく？　なんとなくってなんだ。

なにかあったことを刈谷の鼻が嗅ぎつけた。「なんとなく」と答えると、「もっと考えてからまた来い」と追い払われるのが通常だ。なのに今日に限って向こうがこだわる。ここはかわすべきだ、ととっさに判断した。

「いえ、あのときは本当になんとなくだったんです。でも昨夜、そうか、これを見ていたから気になったんだと腑に落ちました。新宿の靖国通りから大ガードをくぐって青梅街道に抜けるところに、レインボークラブって看板があるんですよ」

――なんだって。

「歌舞伎町のサウナみたいです。いまはレインボーと言えばＬＧＢＴなので、それを見てこんがらがったんだと思います。――なにかありましたか」

栄倉は、それならいいんだ、とだけ言ったので、それでなにか？　と刈谷はさりげなくこだわった。

——実は、鈴村凜の事務所を襲った犯人の身柄を確保したんだが。

逮捕は予想通りだったが、わざわざ連絡してきた理由を、刈谷は驚きとともに察知した。

「その連中の所属先がレインボークラブ……」

——うむ、本人らはそう言っている。

「どんな活動をする団体でしょう」

——LGBTの権利擁護に決まっているだろ。サウナじゃないぞ。

「で、課長はなにが引っ掛かるんですか」

——別になにも引っ掛かってはいないさ。お前が口にしていたから確認したまでだ。とにかく、なにも知らないんだな？

「知りません」

——わかった。こちらで調べる。なのでお前は鈴村議員にはさわらないでくれ。

わかりました、とは言ったものの、さわるなとまで言う念の入れようはなんだか妙だ。

——で、どうだ、そちらは？

と急に語調を柔らかくして尋ねられ、刈谷は内藤を見た。内藤は唇に人さし指を当てた。

「別にどうってことないですが、あとで不備が見つからないように念入りに時間をかけてやってます」

――それは結構だ。またそんな田舎の署まで呼び戻されたら面倒だろうから、じっくりやってくれ。それにこっちに急に戻ってきてもてんやわんやでわけがわからないさ。じっくりやってくれ？　しばらく帰ってくるなと言われたような気がした。

気がつくと耳元でツーツーと話中音が鳴っている。刈谷は静かに受話器を戻した。

「どうやらレインボークラブがLGBT関連の団体じゃないってのは当たってるっぽいな」

さりげなく内藤が切り出した。

ええ、たぶん偽装ですね、と刈谷は気を取り直して言い、

「All Genders Matter ってのも、アメリカの Black Lives Matter の上っ面を真似たものです。だからまったく心に響かないスローガンになっちゃってるんでしょう」

と結城に教わった説を紹介した。

「ともあれ、本家がアメリカで暴動を起こしている事実は、レインボークラブが上っ面を真似するときには都合がよかった。俺たちだっていつまでもおとなしくしてないぞ、って装うことができる。事務所の襲撃ぐらいはやりそうだって印象を持たせられる」

なるほど、と刈谷はうなずいた。

「それで、事務所を襲った狙いは別にあるってことですか」

「そういうことだ。ところで、アメリカの〝黒人の命は大事だ〟って運動には支援者がいる

よな」

それはいるだろう。聞いたこともある。実際、この運動が注目された頃、Googleは、人種差別に反対する組織に寄付をすると発表したし、日本でもソフトバンクは黒人やラテン系起業家を支援する一億ドルのファンドを立ち上げると言い出した。

「レインボークラブにも支援者がいるんだよ。ただし、ＬＧＢＴ運動にはなんの興味もない支援者が」

「それって暴力団ですか」

「ヤクザはしょせん実行部隊だ。俺が言ってるのはその後ろだよ」

「その後ろ？」

「いいか。『再生産性がない』発言はたしかに問題だったかもしれないが、汚職に手を染めたり、不倫をしたわけでもない与党の国会議員を脅すなんて、ヤクザだってそれ相当の見返りがなきゃ割に合わないぜ」

「つまり、後ろにいる連中は、ヤクザを使って鈴村議員をつぶそうとしたと」

「それもＬＧＢＴ運動に見せかけて、だ。真面目に運動している者にとっちゃいい迷惑だよな」

「では、その黒幕が鈴村議員をつぶす理由ってなんですか」

内藤はちょっと間をおいてから「わからん」と言った。

「調べてみましょうか」

「なにを」

「レインボークラブって団体の後ろを」

「馬鹿よせ」

「どうしてですか」

「お前にそういうスタンドプレーをやられたくないから、栄倉はここへ追いやったんだよ」

もしかしてと胸中にわだかまっていたことをずばり指摘され、刈谷は言葉を失った。

「ただおそらく栄倉も詳しいことは聞かされてないんだろうな。『この件は訳ありだから慎重にやれよ』くらいは言われてるかもしれないが」

内藤は栄倉を知っているのかしらと疑った。しかし、訳ありという言葉のほうが気になった。

「その訳ありの訳と私とどんな関係があるんでしょうか」

「そんなこと俺にわかるもんか。ただお前に映画みたいなぶっとんだことをやられると困るから、念には念を入れたんじゃないかな」

そんなことしてませんよ、と言おうとしてまごまごしていると、内藤がまた気になることを言いだした。

「ちょっと鈴村の周辺を探ってみるか」

「え、さっき鈴村議員にはさわるなと栄倉さんが……」

「さわるなって言われちゃ、かえって気になるしな」

さっきまで刈谷の軽率を諫めていたのに、こんどは急に一線を越えるようなことを言う。

「だけど、バレちゃいますよ。八王子署にはまだ大量の捜査員が詰めてるでしょうから」

「ああ、八王子をうろついていたら、なにしに来たんだって怒鳴られるだろうな、俺たち窓際は」

「はあ」

「だから永田町だ」

「え。ということは議員会館？」

「あそこなら捜査員のひとりとしてそれっぽくふるまえるかも、だ」

「面会を申し込むつもりなんですか」

「いや、そこまで大きく動くとバレちまう。まあ作戦は車ん中で考えよう」

刈谷の返事も待たずに内藤は立ち上がった。

赤坂見附（あかさかみつけ）から渋谷に向かう坂の中途に停めた捜査車両で、刈谷はノートパソコンを開き、ネットを徘徊していた。この少し前に、内藤は、鈴村議員について調べておいてくれと言い残し、ひとりで出かけた。

この置いてけぼりには釈然としなかったが、

「これはお前をはぶってるんじゃないぞ。温存してるんだ」

と説明され、そのほうが絶対いいんだと力説されたので、従うことにした。

運転席側のドアがノックされた。開けてやると、内藤がスターバックスのコーヒーをふたつ手に乗り込んできた。ひとつを刈谷に渡す。そして、うー寒い、とりあえず飲ましてくれ、と言ってカップを口に運んだ。

「捜査員たちは永田町にはほとんど来てないな。八王子の事務所のガラス戸を割られたときに鈴村がそこにいたこともあって、聴取はもっぱら八王子でやったみたいだ」

そう言って、内藤はカップホルダーにカップを収め、コートのポケットから手帳を取り出した。

「面会リストを見せてもらった」

「疑われませんでしたか」

「俺もまだいちおう警察官だからな、バッヂを見せたら信用してもらえたよ」

「で、どうでした」

「さすがにレインボーがつく団体の訪問者は多かったね。レインボーサークル、レインボーフェローズ、レインボーカフェなんてのもあったぞ。たぶんみんな抗議だよ」

「それで、レインボークラブは」

「あった」

刈谷は驚いた。レインボークラブは実在するらしい。

「二度来ている。生田祐二（いくたゆうじ）と三宅淳一（みやけじゅんいち）。入館と退館の時刻から計算すると、面会時間は約十分と短い。先生がたは忙しいのであまり時間が取れないのは当然かもしれないが、ちょっと気になるな」

「もしかして、それはアリバイ作りですかね」

その先を言ってみろとでも言うように内藤は笑みを漏らした。

「『再生産性がない』発言に対してレインボークラブが抗議に来たことの痕跡を残すため」

「そうだ。そのあとで八王子の事務所を襲撃すると、『再生産性がない』発言が発火点となったという筋書きができあがる」

「このふたりの素性を洗って、どこかの組の準構成員だったりしたら、ほぼ間違いなくそうですね」

内藤は手帳のページをめくり、なぜか嬉しそうに「それだけじゃないぞ」と言った。

「意外な人間が鈴村に会いに来てた」

まさかと思った名を内藤は口にした。

北原芳治。

「いつですか」

「つい最近だ。二週間前にも来ている。北原の訪問は二ヶ月で四度にもなる」

「なんのためでしょうか」

「そこが問題だ。この名簿を見れば、性同一性障害を抱えた北原が『再生産性がない』発言に抗議しに来たと受け取るだろう。これに北原の部屋にあったレインボークラブの会員証を合わせたらかなり強烈だ。北原がレインボークラブの会員と知った上で訪問者の名簿の中に北原の名前を見つけた捜査員は、これは抗議しに来たんだって信じ込むだろうよ」

刈谷はうなずいた。

「ただ、なぜそうする必要があるんだ」

と内藤が訊いた。刈谷は前に内藤が口にした言葉を思い出した。

「それは隠したいことがあるからです。つまり、ふたりがやろうとしたことを悟られないためです」

「そうだ。隠したい内容はなんだろう」

刈谷はすこし考えてから口を開いた。

「受付で入館時に記名する時、北原は所属欄になんて書いていますか」

「フリーランス／コンピュータプログラマーだ」

「逆から考えましょう。工作の目的は、北原が鈴村に敵意を持っていることを印象づけるための作戦だとします、これはいいですか」

「ああ」

「ならば真実は逆。つまりふたりは敵対ではなく共謀していた。実は、北原が鈴村議員に会いに来た目的は作戦会議だったんです。そしてこれは隠しておかなければならないことだった。けれど露見して、北原は殺され、鈴村は離党を余儀なくされた。——こう考えてみては」

「……なるほど。だけど、どこになにがバレたら、そんな悲惨なことになるんだ」

車内に沈黙が訪れた。

カップが内藤の口元に運ばれた。そしてそれがまた口から離れた時、そこには苦い笑いが浮かんでいた。

「とても報告書に書けるような内容じゃねえよ」

つられて刈谷も笑った。

東京の西のはずれの山中で、首を吊ってひとり死んだ。警察が出向いて確認し、自殺だと認定して報告書を書く。本来なら、これでおしまいだ。それを、暴力団や議員に結びつけ、さらに後ろにもっと強大ななにかを想定して提出したら、頭がおかしくなったと疑われて、休職を勧められるだろう。

「陰謀論者の烙印を押されるな」

苦笑して内藤が言って、そうですね、と刈谷が同意し、コーヒーを口に含んで内藤がまたポツリと言った。

「ただ、陰謀ってのはあるんだよな」

そりゃあるだろう、陰謀って言葉があるくらいなんだから。

「俺はいいんだ」

内藤は言った。

「もうこれ以上うだつの上がらないことは覚悟しているからな。ただ、お前はまずいだろ。頭のいかれた変な女として閑職に追いやられるぞ」

「やっぱりそうなりますか」

「実際、八王子のローラーから外されてるじゃないか。それで、外したはいいがこんどは妙な方角から荒唐無稽な説を引っさげて戻ってこられたら、栄倉でなくたって慌てるさ」

「うちの課長を知ってるんですか」

内藤は黙った。その沈黙が過去に因縁めいたものがあったことを告げていた。

「とにかく、俺たちにはふたつしか選択肢がない。自殺だと認定してさっさと報告書をあげるか。それとも、鈴村と北原が企んでいたなにかを明確にし、その裏付けを取って、この段階では自殺とは断定できない、という報告書を書くかだ。精一杯頑張ってそこまでだな」

「内藤さんのお勧めは？」

「もちろん前者だよ」

「それは本心ですか」

内藤はカップを口元に持っていきながら、

「後者で俺たちが勝てる確率はほとんどゼロだ」

「やれるところまでやって、駄目だったら、諦めて自殺として報告書を書く、それでいいんじゃないでしょうか」

「仕事が遅い愚図（ぐず）だと言われて、評判を落としちまうぞ」

「私は早とちりがすぎると叱られているので、ちょうどいいですよ」

内藤は苦い笑いを口元に漂わせ、しょうがねえなあと言いながら、ポケットからスマホを取り出した。

　喫茶店で深津彩子から受け取った名刺に〝政治部〟の文字を認めて刈谷は驚いた。ふっくらとした温和な面立ちと丸みを帯びた体型からして、キリッとした立居振舞を連想させる政治記者には見えなかった。深津のほうも刈谷の名刺を見て、

「本当に刑事なの。女子アナじゃなくて？」

　と冗談を飛ばした。

「女子アナじゃなくて女優だ。それもテレビドラマじゃなくて映画のな。そこんとこ間違うと叱られるぞ」

　と内藤も冗談まじりに言った。もっとも、深津は本当に冗談だと受け取ったようだったが。

「内藤さん、どこでこんな美人の部下をもらったの。ていうかいまどこにいるんだっけ」

　内藤は自分も名刺入れから一枚抜いて深津に渡した。

「まあ島流しだ」

「……いつ戻ってくるんですか」

「諦めが肝心だな、と言いたいところなんだが、こうして深っちゃんを呼んだりしてるわけだから、往生際が悪いんだよ俺も」

と内藤はうまくかわしつつ本題に入った。

「いえいえ、内藤さんには警察(サツ)回りやってたころからお世話になりましたから。それで、鈴村議員のことで訊きたいことってなんですか」

「離党したよな」

中堅どころの女性記者は「ああ、あれね」とうなずいた。

「表向きは『再生産性がない』発言で世間を騒がせた責任を取ってってことになってるけれど、選挙も近いのでそういうネガティブな要素を党中央が嫌ったって噂もあるだろ」

と内藤が尋ねた。

「なんか変ですよね、どちらも」

と深津がうなずく。

「というのは？」

「世間を騒がせて悪い印象がついた鈴村議員を排除するって言うけれど、ＬＧＢＴのことなんか選挙にほとんど影響しませんよ。地方に行ったら、七十歳を超える爺さんや婆さんらは、恋愛や結婚は男と女がするもんだって素朴に思ってるんだから。実際今回の件で鈴村議員が不人気になったなんてこともないんですよ」

「だったら、どうしてわざわざそんな発言をしたんですか、鈴村議員は」

とそのドライな分析に舌を巻きつつ、刈谷は尋ねた。

「それはある種の汚れ役を押し付けられたからだよね」

「汚れ役……？」

うん、あくまでもこれは私の想像だけどね、と深津は前置いた。

「いまの世の中は多様性が良きことだってなっているわけ、建て前としてはそう。ただ本音はまたべつにある。地方の年配者には同性愛はある種の病気だと思っている人が多い。だけど現代では、本音ではそう思っているものの、なかなか口に出して言えなくなりつつある。特に政治家は公式の場でそういう発言をすることは危険です。ただここで、建て前ばかり言うなよと本音を吐き出す役を引き受けてくれる人材も欲しい。もっともその役を演じた役者は当然バッシングを受ける。損な役回りだけど、ひとつやってくれないかなって依頼が党の上のほうから鈴村にあったのよ」

この深津の解説は、ある部分とても腑に落ちた。鈴村のような女性議員は、舌鋒鋭く斬り込む役を担わされている。それは彼女たちがステップアップしていくための条件なのだろう。

「でも、党はなんのためにそんなことするんですか」

「そこはかなり巧妙な作戦があってね、今年は選挙があるでしょう、『ＬＧＢＴには再生産性がない』なんて発言をすると、当然、野党はそれを叩きだす。それが狙いなわけ」

「どういう狙いでしょう？」

「それがマスコミで騒がれると、野党は与党との差別化を図るために、マイノリティの権利とかそんなことを選挙戦のメイン・イシューに据える。だけど、国民はほとんど関心がないから選挙戦は苦戦を強いられる。こういう筋書きなわけ」

「え、だとしたら、鈴村議員の発言はまるで野党をおびき寄せる撒き餌じゃないですか」

「まさしくそれ。だいたい鈴村議員はＬＧＢＴ問題なんか興味ないんだもの。あの人はかなりの野心家だからもうちょっとでかいことを考えてるわけ」

「だとしたら、どうして鈴村議員は離党しなきゃいけないんですか。むしろ汚れ役を果たした見返りをもらって当然では。それを、炎上したからと言って切り捨てれば、組織の結束力を損なってしまいませんか」

刈谷は昨夜抱いた違和感を口にした。

「そうなんだよね。私もそこが不思議なんだ。でも、なにかあったんだと思う」

「なにかって」

「党の御大を激怒させるようなことをしでかしたんだよ」

深津はそう言ってから、まなざしを内藤に向けた。刈谷はその視線の中に「あんたがそうだったように」という台詞を読み取った。

内藤はバツが悪そうに笑いながら、

「ここだけの話だが、鈴村の事務所が襲撃された事件、あれ『再生産性がない』発言に怒りを表明したものじゃないんじゃないかって俺たちは睨んでいるんだ」

とたんに、深津は目を輝かせた。

「はは、田舎に飛ばされても変わってないね」

「深っちゃんの意見を聞いていると、事務所襲撃の目的は『再生産性がない』発言が引き起こした問題をわざと大きくして、鈴村を離党させやすくするためなんじゃないかって気もしてくるな」

「面白い！　つまり離党には別の理由があったんだってことね。そして、その理由は大っぴらには言えないってことだ」

「そうなんだ。それで、鍵を握っているのはこの男だと俺たちは思っている」

内藤は手帳にボールペンで殴り書きしたページをちぎって深津に渡した。

「北原芳治……。なんの人」

「ゲイバーの従業員、うだつの上がらないプログラマー。つい先日、檜原村の滝壺の横で首を吊った。俺たちの仕事はこいつの死因を特定することだったんだが、自殺でカタをつけてしまっていいものなのかって気がしてきてね」

「なるほど。で、その男と鈴村はどう絡むんです」

「こいつは議員会館に鈴村を訪ねている。いったいどんな用向きだったか調べられないかな」

「ゲイバーの従業員ってことは、この人こそ『再生産性がない』発言に抗議しに行ったんじゃないの」

「それにしては回数が多い。そんなに頻繁に同じ件で抗議に来られたら、もういいだろうって面会を拒絶すると思うんだ」

「なるほど。だけど、用件の内容を鈴村本人から聞き出すのはちょっと難しいな。ただ、秘書とは仲がいいからそれとなく探ってみようか」

「頼めるかな」

「ほかならぬ内藤さんの頼みとあれば」

そこで深津はミルクティーをひとくち飲んでから、「そのかわり」と言った。

「もし、その北原って男が鈴村の本当の離党の原因となっているとわかったら、そのネタは書かせてもらえるんですか」

内藤は、しばらく考えてから言った。

「書きたいのなら書いてくれ」

「じゃあ決まり」

深津はその場でスマホを取り出し、秘書のひとりと話しはじめた。まるで同級生のような気軽さだったので、警察回りの記者とこんな親密なやりとりをしたことのなかった刈谷は、事情通になるというのはこういうことかと感心した。

「秘書の千葉ちゃんと明日ランチすることになりました。なにかわかったら連絡します。そちらも、情報を摑んだら、おいしいところは回してくださいね」

電話を切った深津は内藤にそう説明し、

「じゃあそういうことで」

とテーブルの上の伝票を取り上げようとしたのを刈谷が押さえた。深津は苦笑気味に笑って、黙って店を出て行った。

「さてどうすっかな」

内藤が腕時計を見ながら言った。五時になっていた。これからあきる野署に戻ってもやることはない。対策本部なら収穫がなくてもとりあえず本部に戻って報告するべきだが、本件はまだ事件でさえないのだ。

「刈谷だって、なにも用事もないのにあんな田舎までドライブしたくないだろう」

い、いや、あんな田舎とは言わないが、やることもないのに署まで戻るのは、億劫だった。特に帰りが面倒だ。本数のまばらなバスに乗って武蔵五日市駅まで出て、やはり本数の少ない五日市線から中央線を乗り継いで国分寺まで帰るのはなんだか無駄な気がする。

「内藤さんはどうするんですか」

「俺は戻る。捜査車両は戻さなきゃならないからな。で、そのまままた署に泊まっちまうさ」

この人には家族はいないな、と刈谷は確信した。

「ただ、いまから帰るのはさすがに早い」

「そうですね」

刈谷の電話が鳴った。「栄倉課長からです」と断って刈谷は出た。

——お疲れさん。調子はどうだ。

「どうも辻褄(つじつま)の合わないところがありまして」

笑い声が返ってきた。

——いくら事件がない暇な署だからって、山中の自殺をそんなに引き延ばすこともないだろう。なにがひっかかってるんだ。

「まあいろいろと。で、なにかありましたか」

——いや、別になにもないさ。こちらはほぼ片づいたんで、お前はどうしてるかなと気になったまでだ。

「ありがとうございます。で、片づいたというのは、マルタイの取り調べがスムースに進んでいるってことでしょうか」

——ああ、実際防犯カメラに写ってるのを見せたら、あっさりやったと白状したんでな。いま調書を取っている。おそらくこれでおしまいだ。大騒ぎしたわりにはあっけなかったよ。

「マルタイの名前は？」

すこし間（ま）があってから栄倉は言った。

——生田祐二（いくたゆうじ）と三宅淳一（みやけじゅんいち）だ。

やはり。議員会館に鈴村議員を訪ねたコンビだ。

「ふたりはレインボークラブの会員だって仰ってましたよね」

——ああ。

「ひょっとしてレインボークラブはＬＧＢＴの活動の実態がないんじゃないんですか」

黙っていたので、刈谷は先を続けた。

「そのふたり、マル暴のひも付きでは？」

——なぜそう思う？

「例えばふたりにこんな質問をしてみてください。セックスとジェンダーはどうちがうんだって」

——それで？

「こんな基礎的な質問に答えられないようなら、鈴村の事務所を襲ったのは、『再生産性がない』発言が問題だったわけではないということです。いや、こういう質問をしてもいいのかもしれません、ＬＧＢＴは再生産性がないというのは子供を産めないことにほかならない、それはもう端的な事実なので批判のしようがないのでは、と。これに反論ができないのなら、バックになにか別の思惑を持った一味があって、生田と三宅は『ちょっと暴れてこい』と言われてそうしただけでは」

——いいんだよ、お前は。レインボークラブの件はほうっておけ。

「はい、私はローラーから外されておりますので」

すこし嫌みがすぎるなと思ったものの、

「ただ離れたところから見えてくることもあると思い、僭越ながら申し上げたまでです」

と言い添えた時、テーブルに置いたままにしてあった深津の名刺が目に入ったので、

「けれどマスコミだって嗅ぎつけますよ。レインボークラブに実態がないことくらいは」

とまた追撃してしまい、「こら、刈谷」と栄倉の声を尖らせてしまった。

——お前あまりに暇なんで変な妄想したりしてないか。

「すみません、いつもの悪い癖ですね」

とようやく一歩退いた。しかし、上司は意外な一言を発した。

――あんまり変な影響受けるんじゃないぞ。

「……どういう意味でしょう」

――調べてみたら、内藤の評判がひどいんだ。

「どんな具合にですか」

――まあ、品行方正じゃないことは確かだよ。お前も一日で終わる仕事を長引かせて、サボり癖をつけたら駄目だぞ。

「でも、さっきいただいた電話では、あとでまた呼び出しを食らわないようにじっくりやれって仰ってましたよ」

内藤が掌を下に向けた。聞こえているのは刈谷の声だけだが、不穏な空気を汲み取ったのだろう、抑えろというサインを送ってきた。

――とにかく、早いとこケリつけて戻って来い。

「わかりました。生意気言って申し訳ありません」

言いたいことを言ったあとはこの台詞に限る。スマホをポケットに戻した刈谷は、上司の態度が明らかに変質したことを認めた。そして、

「私たち本当にはぶられたんですね」

と同類相哀れむまなざしを内藤にむけた。内藤は、

「なにをいまさら」

と言って笑った。

ローラー作戦から刈谷は外され、内藤は動員要員から外され居残り組（たぶん唯一の）となった。上は、ふたりをワケありの一件から遠ざけようとした。つまり、勘に任せて危なっかしい捜査をする捜査員は外す人事を断行した。

たぶん栄倉は内藤を知っている。内藤が札付で名が知られているからか、袖が触れあう過去がふたりにあったのか、そこはわからない。ただ、おそらく栄倉にとって内藤は、とうの昔に忘却の彼方に追いやった存在だったのだろう。いまはあきる野署に勤務していることさえ知らなかった。そのあきる野署に追っ払った刈谷が、内藤とコンビを組むなんて発想はまるでなかったにちがいない。

しかもこのコンビは、東京の西のはずれの山中の縊死と八王子の事務所襲撃とを結びつけてしまった。これは完全に栄倉にとって寝耳に水だった。いや、そもそも、この檜原村と八王子のリンク自体が、想像の埒外だったのだ。適当なハンパ仕事を押し当てたつもりが、奇しくも両者はつながっていたというわけだ。栄倉が浮き足立ちはじめたのは、刈谷から聞い

たレインボークラブという名の団体を調べたのがきっかけで、刈谷を急に八王子に戻そうとしだしたのは、内藤があの内藤だとはっきり同定したからだろう。

「ちょっと行って話してくるか」

栄倉との通話を思い返していた刈谷は我に返った。

「どこへです」

「だから、ぷらちなキングだよ」

四谷の角を曲がり、新宿通りに出たところで運転席から内藤が声をかけた。

「いま何時だ」

「六時過ぎです」

「あそこ開店は七時だったな」

「ええ、確か」

「じゃあ、ラーメンでも食っていこう」

「え、開店前に行ったほうが迷惑がかからないんじゃないですか」

「いや、今日は客として行く」

「ぷらちなキングで呑むってことですか」

「そうだ。金を落としてやったほうが舌の滑りもよくなるからな」

「見え透いた手だと思われませんか」

「見え透いてたっていいんだ。水商売ってのはそういうものさ」

刈谷はスマホを取り出し、今晩は外で食べて帰ります、と結城にＳＮＳで知らせた。

しかし、新宿通り沿いの適当な店の前に車を停めて、カウンターに横並びでラーメンをすすっていると、内藤はまた妙なことを言った。

「刈谷は酒を呑めるのか」

「ええ、それなりには」

「じゃあ呑んだほうがいいな」

「内藤さんは？」

「俺は運転があるから無理だ。だから近くで待ってるよ」

「私ひとりでいくんですか」

「ああ、刑事がふたりで押しかけると、どうしても取り調べって雰囲気になるからな。女ひとりで行ったほうが向こうも話しやすいだろう」

「だけどゲイは女に厳しいですよ」

「そこをうまく演じるんだな。ゲイバーで受け入れられやすい女性客を演じるんだよ、女優さん」

「すっごく難しい役じゃないですか。そんなの演出してもらわないと無理ですよ」

「おや、監督もやってるって言ってなかったっけ」

やれやれ、これは覚悟を決めるしかないな、と刈谷は思った。

「なにを聞き出すべきですか」

「金の出処だな。どうして北原がそんな大金をポンと出せたのか」

「知ってますかね？」

「金額が金額だからな。では遠慮なく、と言って懐に収めたわけがない。当然、こんな大金どうやって工面したんだと訊いてるはずさ。北原が本当のことを言わなかったとしても、なんと答えたのかは知りたいね。そこを手がかりにしてなにか摑めるかもしれないからさ」


扉を開けた時、店内には落語が流れていたので刈谷はなにかの間違いかと思った。客はまだ誰も来ておらず、大滝がひとりでカウンターの中にいた。

「開けてますよね」

と刈谷はいちおう尋ねた。大滝は返事をせずに有線放送のチューナーのつまみをいじった。落語に代わってスピーカーから流れてきたのはモダンジャズだった。

「ええ。なので事情聴取みたいなのは困るんですが」

「いえ、今日は呑みに来たんです」

刈谷はカウンターに腰かけ、大滝に向き合った。

「女は出禁なんですか」

いらっしゃいませ、と声をかけてもらえないので刈谷は尋ねた。

「いや、そういうことでもない。うちは純粋なゲイバーってわけじゃないから」

「え、そうなんですか」

「ミックスバーって言ってね、客のほとんどはゲイだけど、女も呑んでいてもらってオーケー。——なににする？」

焼酎のお湯割りを頼んだら、

「お湯沸かすの面倒くさいから、緑茶割りかジャスミン茶割りにしてよ」

という思いがけない返事があった。

「二丁目だとお湯割り出す店なんかすくないよ」

「本当ですか。女の客くらいに？」

「いや、女の客はそんなにめずらしくない。で、どっちにする？　緑茶？　ジャスミン？」

「じゃあ緑茶割りで」

「コートはそこにかけてくれるかな。──女は来るけど、うちに来るのはたいていキャバ嬢。アフターで客連れてきてくれたりするんだよ。時にはドライバーの男の子なんかもね。そのぶん売り上げが増えてありがたいから差別はしないよ」

グラスを差し出して大滝は実務的なことを言った。じゃあ、私が二人ぶん呑みます、と刈谷が応じると、

「だったら、あの相方のオジサンでも連れてきてくれればよかったのに」

と言って、きんぴら牛蒡の小鉢を置いた。

「あの人、独身？」

「さあ、よく知らないんです」

「どうして？　相棒なんでしょ」

「組んだばっかりで」

「ああ、そういうことね」

大滝の質問は間もなく解散する束の間のコンビだということを刈谷に意識させた。聞いておきますよ、と返事して、それから思い切って、

「タイプですか？」

とツッコんでみた。

「まあ、私らからは嫌われるタイプではないと思うね。なんてったっけあの刑事さん」

内藤ですと教えて、本当ですか、と興味本位で尋ねた。

「いろいろ、いろいろあった人なんだろうなってオーラもにじみ出てるしさ。そのへんはうちらもプロだからなんとなくわかるんだよ。それにね、いろいろあった人間は、ガサツなようでいてこっちにも気を配ってくれるからさ。たぶん俊くんは好きだよ」

刈谷が意外な顔をして見せると、大滝は「いるのよ」と薄く笑ってうなずいた。

「ああいうのが好みなのが」

「でも、大滝さんはやっぱり北原さんですか」

大滝は刈谷にちらと視線を投げてからまたうつむいた。

「俊くんは口が軽い」

嘘をついて庇ってやろうかとも思ったが、

「隠すことでもないと思うんです」

大滝は薄く笑った。

「隠すことでもないって、なにが」

「あ……例えばゲイであることとか」

「まあ、そうなんだけどさ。でもまだ田舎の親に言えてない、なんて現実もあるからね」

「それは大滝さんの話ですか」

「うん。まあ気づいてるとは思うけど」

「北原さんはどうだったんでしょう」

大滝はうつむいたまま「どうかなあ」と言った。

「両親には死ぬまで言えなかったと言っていたね。特にお父さんは、体育の先生で結構おっかなかったらしいから。ただ、妹には話したみたい」

思いがけず、消息が摑めていない妹の話題になった。

「妹さんの連絡先ってご存知ですか」

大滝は首を振った。

「アメリカにいるんだって。アメリカに留学して、就職して、市民権とって、アメリカ人と結婚したそうだよ。だから大滝家からはもう籍が抜けているはず」

ならば遺体の確認は、写真を見ての大滝の証言と所持品の保険証で行うしかなさそうだ。

「このきんぴらおいしいですね」

「ありがと。スーパーで買ってきたやつだけどね」

大滝は愉快そうに笑った。

「いろいろあって疲れたんだよ、いつもは自分で作ってるんだけど」

「やっぱり北原さんのことがショックなんですね」

「ショックじゃないと言ったら嘘になるな。けれど、いろいろややこしすぎたよ。ゲイとして生きるのでさえややこしいのに」

この台詞を聞いた刈谷は、もう言ってしまおう、と覚悟を決めた。

「北原さんに女になりたいと打ち明けられた時はやはりショックでしたか」

大滝の顔から潮のように笑いが引いた。

「そのことも俊くんから？」

刈谷は首を振り、「おかわりください」と言って、空になったグラスを突き出した。

「所持品の中に診察券があったんです」

それだけ言うと、大滝は「ああ」とぼんやり言って、納得した。

「誰が悪いってわけでもないんだけどね、無理なものは無理よ。――はい」

目の前のコースターの上に新しいグラスが置かれた。

「そのときは裏切られたって気持ちだったんですか」

「すこしはね。ただ、どうしようもないよね、そんなふうに生まれついちゃったんだから」

そしてため息をつき、

「私も呑もうかな」

と言った。

「呑んでください。私につけといてくれればいいですよ」

「あ、そう。じゃあそうさせてもらうね。刑事さんて給料いいの」

「公務員ですから、そんなにはよくないですけど、悪くもないと思います」

大滝は自分にはウィスキーの水割りを作った。刈谷はグラスを取って大滝が手にしたそれと合わせた。かちんとガラスが触れあう音がものさびしい。

「とにかくさ、皆がなるべく自分らしく生きられる世の中になればいいと思うんだよね」

ひとくち呑んで大滝が言った。

「ただ、自分らしく生きるってどういうことなのか、よくわからないときもありますよ」

「へえ、言うじゃない。でも、それはノンケの贅沢な悩みなんじゃないの」

「そうかもしれません。LGBTの人たちには目標としての自分らしさがある気がします」

「そうでもないと不安でやってられないからね。その点ノンケは安定しちゃってるから、自分らしさが見えなくなるってことかな」

「そうなんです。逆にゲイの人たちは、自分らしく生きさせまいと圧力をかけてくる社会を変えたいという思いから、自分らしさを明確にしてるってところはないんですか」

「むずかしいこと言うね」

「本当はむずかしいこと苦手なんですが、今夜はなんかおかしくて」

「私も苦手だよ。だから、あまりむずかしいことは言いたくない。とにかく、もっとシンプルであるべきだと思う。複雑に思えた芳くんさえシンプルに考えていたと思うんだ」

「シンプル……？　そのシンプルさってなんですか」

「やっぱりなりたい自分になる、ふさわしい自分でいる、ってこと。簡単なことだよ。それがむずかしいんだけど、やっぱりそこだよ」

「でも、相手にとってのふさわしさが、こちらには受け入れ難いってこともありますよね」

大滝は伏し目がちにグラスを口元に運んだ。

「つまり、無理なものは無理だってのはそういうことですよね」

「ああ、女になるって言われると、正直いままで通りにつきあえる自信はなかったな」

「反対したんですか、手術を受けることを」

「いや、しなかったよ」

「しなかった……、なぜ？」

「だから、だからさ、なりたい自分になればいいと思ったからだよ」

「でも」

「そう。でも、なの。なりたい自分になられちゃったらもう恋人どうしってわけにはいかない」

「ですよね」

「けど、友達ではいようって言ったんだ」

「いいなあ」

「なに言ってんの、よくはないんだよ」

「でも、それだと北原さんは死ぬことはなかった気がしませんか」

大滝は黙ってでもうひとくち水割りを呑んでから、

「そう思うよ、なんで死んじまったの、ばか」

刈谷は、これ以上は追及できないなと思った。

「そっちはどうなの、自分らしく生きてんの」

ふいに尋ねられ、刈谷は面食らった。

「努力はしています」

「努力はしています、か。いいねえ。どんな努力？　どんな自分になろうとしてるの？」

「……実は私、主演と監督をやりながら映画を作っているんです」

大滝は口に含んだウィスキーを噴き出した。

「ちょっと待ってよ、それは反則。いまさら刑事じゃないなんて言わないで」

「いや、刑事は本当です。バッヂ見せましょうか」

「ええ？　でもせっかくだから見せてもらおうかな。……おーすごい、本物だ。で、どういうことよ」

「まあ趣味で、映画作ってるんです」

大滝は笑った。冷笑ではなく、面白い冗談を聞かせてもらったことへの返礼のような笑いだった。

「へえ、女優さんなんだ。いいじゃない。なりたい自分になる商売で、ときにはなりたくない自分にもならなきゃいけない商売でもあるってわけね」

急に酔いが回った。自分は演じることに取り憑かれている。俳優は、状況に応じて自分らしさを変化させて提供するのが仕事だ。もしかして自分は、自分らしさを定めないことに自分らしさを求めているのかもしれない。いや、それでもやはりどこかに自分は残るはずなのだが。――なんて面倒なことを考えていると、世界が急にろうそくの炎のようにあやしく揺らぎはじめた。

「おもしろい子だねえ。――まあがんばりなよ。うちにも来るよ、映画監督。自主映画だけどね、このあいだ東京国際映画祭のちっちゃな部門にエントリーしたんで、ここでお祝いしたんだよ。賞はもらえなかったみたいだけど。本当は受賞作よりも自分のがいいのにって怒ってた」

　そして大滝はその監督と賞をもらうはずだった作品の名を言った。そのふたつには聞き覚えがあった。

「その時、まちがって受賞したのが私の作品です」

　えっ、と大滝は驚いて、そしてまた愉快そうに笑った。

「賞なんてそのときの審査員との相性もありますから」

　刈谷は言った。

「まあでも、刑事やりながらそんなことやってるなんてのは立派だね」

「お金かかって大変です」

「しょうがないよ、好きなことやってるわけだから。自分も、小説なんか書きたいなと思ったことはあるね」

「書いてください」

「そのうちね。芳くんもいろんな夢を語ってたんだけどね」

「どんな夢ですか」

「さあ、ちゃんと聞いてないよ、あいつのは難しくてわかんないし」

　その時、ドアが開いて分厚いダウンコートを着た男がひとり入ってきた。刈谷の顔を見てちょっと躊躇したようだったが、「おお寒い」と言ってカウンターに腰かけ（刈谷とふたつ間をあけ、自分の隣にはたたんだコートを置いて）、焼酎のジャスミン茶割りを頼んだ。

「どう進んでる？」

店の壁に貼ってある四十周年のポスターを指していった。

「なんとかね」

そう言ってから客は刈谷をちらと見た。ゲイ同士の親密な話がしにくい雰囲気を醸し出しているのだなと自覚して、そろそろ退散してあげよう、と思った。腰を浮かすと、すぐに大滝が三千三百円ねと言った。現金で払い、もちろん領収書はもらわなかった。ハンガーにかけたコートを取りに店の奥に行き、店を出ようとしたときだった。

「ねえ、ベートーヴェンは作曲家？」

刈谷の足が止まった。

「わかんないでしょ、なに言ってんのか。これ芳くんの口癖だった。ベートーヴェンとはって問いに、その人にふさわしい答えを出してあげるのが芳くんの夢だったんだって。てんでチンプンカンプンなんでまともに相手にしなかったんだけど、思い出しちゃったよ」

刈谷は、スクラップブックのイケメン男子たちに添えられた吹き出しの台詞、

「ベートーヴェンは作曲家？」

を思い返しながら、呆然と立っていた。

ドトールコーヒーの前で待っていると、車がやってきて目の前に停まった。

「お酒臭くないですか」

助手席に乗り込んで、刈谷は尋ねた。

「いや別に。何杯呑んだんだ」

内藤は車をスタートさせた。

「二杯です。五杯までは大丈夫なのでまだ余裕です」

頼もしいなと言いながら、内藤がいきなりジャケットのポケットに手を入れてきたので驚いた。ここにきてセクハラかよと思ったが、手はすぐに抜かれた。ポケットを見ると千円札が二枚入っていた。

「割り勘だ。とても経費じゃ落とせないからな」

「ちょっと多いです。三千三百円だったので」

「まあいいさ。――で、どうだった」

「わかったのは、内藤さんがタイプのゲイがいることと――」

「馬鹿。なに言ってんだ」

「そんな大きな声出さないでください」

「で、ほかには」

「みんないろいろあるってことです」

総括するとそういうことになる。だけど内藤は「なんだよそりゃ」と苦笑した。

「でも、私たちの見方は、ほぼほぼ正しかったと思います」

「どのへんが」

「大滝と北原は恋人どうしでしたが、北原が性転換をしたいと言いだしたのがきっかけでカップルとしては破綻したそうです」

「となると、そのあと北原が金を返せと迫った可能性については？」

「おそらくそのようなことはない、と私は判断しました」

「その理由は？」

「大滝は、恋人としては無理だけど、友人としては北原とつながっていこうと思ったそうです」

「だけど、もし大滝が北原を殺ってたんだとしたら、そういうふりはするぞ」

「でも、内藤さんも大滝はそんなことするタマじゃないって言ったじゃないですか」

「言った。ただ、思い込むのはまずい。本当にそうだろうか、とツッコミ入れていかないと」

「確かに。ただやはり、自分をさらけ出して接した私の感触からすると、大滝は北原の人生がうまくいけばいいと本気で願っていたと思います」

返事がなかったので横を向くと、内藤はうなずいていた。

「しかし、ならどうして昨日はあんなにつっけんどんな態度に出たんだ」

確かにそうだ。そして、多少酔いが回っていたせいなのか、刈谷の口から思いがけない台詞(せりふ)がこぼれた。

「北原のほうも大滝の人生がうまくいくといいと願っていたからじゃないでしょうか」

自分でもなにを言いたいのかよくわからなかったが、言われたほうは、

「なるほどね」

とまたうなずいたので刈谷は驚いた。

「あの、どうしてなるほどなのか説明してもらえますか。自分でそう言ったくせにその意味がよくわかっていないんです」

「なんだよ、やっぱ酔ってるな」

「ちょっとだけです。説明してくれればわかります」

「つまり北原は、なにかあったら自分とは関係ないふりをしろって大滝に言い含めておいたんじゃないか」

「なるほど——」

こんどは刈谷が言った。

「なにが、なるほどだ」

と内藤は呆れて、

「つまり、北原は自分がヤバいことをしているって自覚していたってことだ」

「じゃあ、ヤバいことのパートナーは鈴村議員ってことですか」

「すくなくともその筆頭だ」

「北原が大滝に渡したお金も、手術代もヤバいことで得た金なんでしょうか」

「その可能性もある」

「じゃあ、ヤバいことってなんでしょう」

「わからん」

「わからないのはどうしてですか」

「お前、酔っぱらってるからってポンポンポンポンポン難しい質問するんじゃないよ。人にばっかり押しつけないで自分でも考えろ」

「すいません」

と謝りながらも、刈谷は嬉しかった。普段はこういった疑問をぶつけると叱られる。これは映画じゃないんだよ女優さん（ここはときに監督に代わる）、と揶揄されることだってある。けれど、内藤はもっと考えろという。だから考えた。

「だとしたら、私たちも見方を修正しなければならないのかも」

「ああ、修正なんかいくらでもするぞ。どこだ、修正するべきポイントは？」

「北原芳治はやっぱり天才なんじゃないでしょうか」

「はあ」

「北原が住んでいたアパートを見て、私たちは彼がＩＴ土方じゃないかと思った」

「ああ」

「だけど、本当は天才だったんです」

うーん。返ってきたのはノリの悪い唸り声だった。

「北原の部屋に貼ってあったオードリー・タンの写真は、憧れを表明したものではなくて、コンピュータに天賦の才のあるトランスジェンダーどうしの連帯のしるしだと解釈するべきでは」

「じゃあ、どうしてあんな貧乏暮らしだったんだ」

「本当は貧乏じゃなかったんです。住むところなんかどうでもいいと思っていたから。たくさん稼いでいたけれど、あそこで十分満足していた」

「……ないとは言えないが、かなり苦しい説明だな。今朝も言ったけど、その方面で北原に抜きん出た才能があればトランスジェンダーだろうがなんだろうがＩＴ大臣に抜擢されたはずだ。そのオードリー・タンがいい例だよ」

「じゃあ、先のオードリー・タンの写真の解釈をすこし変更してみたらどうでしょう」

「うん？」

「北原にはオードリー・タンに負けないくらいの才能があった。だけど、台湾とちがって日本のＩＴ企業は馬鹿ばかりなので、自分の才能を見抜いてくれる者が現れなかった」

　なるほど。内藤が小さな声で言った。こちらの説は多少はお気に召したようだ。

「それで、あのスクラップブックの台詞につながるのか」

「そうそう『どうしてわかってもらえないんだろうか』ってイケメンに言わせてましたね」

「しかし、そういうことってあるのかね。つまり類い稀なる才能があるのに世間に正当な評価をもらえないなんてことは。プログラムの世界なんて白黒はっきりしてるような気がするけどな」

「だけどそう解釈すれば、ほかのイケメンに『古い観念に縛られてちゃ駄目だね』なんて言わせてたのもすんなり理解できます」

　うーん。内藤はまた唸った。

「例えば私の映画の相棒は、自分が飛躍できないのは周りが馬鹿だからと思っていますよ」

　東京国際映画祭のアジアの未来部門に出品した『答えは風の中にはない』（監督・主演：刈谷杏奈、撮影：結城和之、脚本：結城和之と刈谷杏奈の共同執筆）が受賞した時、プレゼンターを務めた日本人の商業映画のプロデューサーから、「独りよがりな部分が散見される」とコメントされても、受賞の喜びが勝っていた刈谷は、

「まあ、そういう部分はあるかもな」

　と素直に受け取った。けれど、結城は手が付けられないほど怒りだし、

「クズ映画作っている馬鹿プロデューサーがなにエラそうなこと言ってるんだ」

　と口汚く毒づいてクロージングパーティに顔を出すことなく帰ってしまった。

「なんか言ってたな、実験映画作ってるとかなんとか。で、その相棒は天才なのかよ」

「ええ、ある意味」

「じゃあそういうことでいいや。ついでに北原も天才ってことにしよう。だけど、困ったなあ。プログラミングの天才とか、システムなんとかの天才なんてイメージできないぞ」

　と内藤はぼやくように言ったが、いままで刈谷の周囲にいた先輩刑事たちとちがって、

「先走るな」と引き戻さず、先に進もうとした。

「だけど、わからないのは俺がコンピュータに不案内だからだろう。もしかしたら生半可なプロにもわからないのかもしれないな。そのプロデューサーが君らの映画を評価できなかったように。これでいいかな？」

「とりあえず」

「だけど超一流ならわかる。そして、北原はようやく彼の才能を認めてくれる超一流とめぐり逢い、天才だと認められた」

「それは誰？」

刈谷は思わず訊いた。

「鈴村凜」

「え？」

「話を転がしていくとこうなっちまうぜ」

その忠告めいたひとことに、刈谷は怖じ気づいた。けれど、内藤はさらに一歩前に出た。

「そう言えば深っちゃんも言ってたな、鈴村は野心家だって。鈴村の野心と北原の才能が運命的に出会ったんだとしたら――」

そう言ったあとで、「あぶないあぶない」と苦笑した。

「やっぱり俺たちは危険なコンビだよ。どちらも妄想を働かせてどんどん先にいくんだからな。栄倉が心配するのも無理ないや」

「うちの課長と昔なんかあったんですか」

内藤はそれには直接答えずに、

「うまくやってるのか、栄倉とは」

この言葉つきから、二人は知り合いだったと解釈するのが自然だった。けれど、栄倉はそう言わなかった。なぜだ。

「割とやりやすいタイプだと思います。刑事部屋のほかの人たちとちがって、オラオラしてないし。どうしてですか」

「ならいいんだ」

「うちの父とも仲がよかったそうです」

内藤は黙った。その沈黙の意味を刈谷は猛烈に知りたくなった。けれどそのとき、車は右にカーブを切って国分寺街道を北に進みはじめていた。ややこしい問答をするには目的地までの距離が短すぎた。そして、これはアルコールが入っているときにするべき話題ではない、とも思った。

「内藤さん、ベートーヴェンって作曲家だと思いますか?」

刈谷は別の話題を持ち出した。

「ん？　なんか聞いたことあるな、それ」

「ベートーヴェンは作曲家？　これ、北原の口癖だったようです。大滝さんがそう言ってました。そういえば北原の部屋から持ち出したスクラップブック、あれに貼り付けたイケメンの顔写真に吹き出しが添えられてあったでしょ。その中に、同じ台詞がありました」

「あー、そうだったな。だけどベートーヴェンといえば作曲家以外には思いつかないぞ。ピアノもうまかったけど。とにかくファンの間では〝楽聖〟だよ」

「好きなんですか」

「意外だろ」

そう思ったが、いえ、と言って刈谷は、無理だなと諦めた。クラシック音楽の愛好家なら、ベートーヴェンと聞けばドイツ古典派の作曲家以外に思いつかないだろう。

「明日はどうしましょうか」

「おそらく残された日にちはあと一日、長くても二日だよ。さっき署から連絡があって、遺留品を広げてる会議室をあけろと言われた。応援に出てた捜査員も戻ってきているそうだ」

さきほどの栄倉の電話からして、自分もあと一日やそこらで呼び戻されるだろう、と刈谷も思った。

昨日と同じところで降ろしてもらい、お鷹の道の水音に耳を澄ましながら、このまま清風荘に帰って寝ようか、それとも光音に立ち寄って結城の顔を見てみようか、すこし迷ったが、足は結局光音に向いた。

一階のリビングには誰もいなかった。とりあえず冷蔵庫から水を取り出してグラスに注いだ。玄関の鍵はかかってなかったので二階には誰かいるのだろう。飲み干して、酔い覚ましのコーヒーを淹れようと思い、ケトルに水を満たしてから二階に上がった。

ミキシングルームで映画でも見ているのかと思ってドアを開けたけれど、誰もいない。隣の編集ルームを覗くと、結城は床に尻をつけて胡坐(あぐら)をかき、デスクトップのパソコンの側板を取っぱらって中を懐中電灯で照らしていた。

「おかえり」

結城はパソコンの中を見つめたまま、顔を上げずに言った。

「なに食べたの」

「四谷でラーメン。そっちは？」

「僕らはお蕎麦」

「きぬたや？」

結城はここの蕎麦が好きで通っている。光音のオフィスをここに構えることにしたのも、駅からだとかなり歩かなければならないこの店に気軽に足を運べるからだと冗談めかして説明していた。いいなあ、と刈谷は言った。きぬたやの蕎麦とあの店のラーメンとではかなり差がある。

「贅沢してるじゃない。コーヒー飲む？　いまから淹れるけど」

「飲むよ」

「ここに持ってくればいい？　それとも降りてくる？」

「できればここで」

コーヒーを淹れ、マグカップを両手に二階に上がると、編集ルームのドアは薄く開いていた。下に降りたときに習い性で閉めていっただろうから、結城がこうしておいてくれたんだろう。こういうところは気が利く、と思いながら足のつま先でひっかけてドアを開け、中に入ると、結城はさっきと同じ姿勢でいた。

「今日はお祝いなんだ、入金があったからさ」

なにを急にと思ったが、「贅沢してる」とさっき刈谷が言ったのに答えたものだったと気がついた。きぬたやの夜の蕎麦コースは大衆食堂の肉野菜炒め定食よりかなり高い。

「ああ、前の仕事の。で、熱心になにやってんの」

「グラフィックボードの交換」

「へえ、交換するとどうなるの、画面が綺麗になるの」

「そっちは期待していない」

「はあ、だったらなにが変わるのよ」

「速くなる」

「グラフィックボードで？　速くしたいんだったらＣＰＵってやつを換えるんじゃないの」

「その方法もあるけど、グラフィックボードを換えたほうがいいんだよ」

「どうして？　パソコンでいろいろややこしい計算をしてるのはＣＰＵなんでしょう」

「ややこしい計算は必要ない」

「だから、どうしてよ」

結城は、側板を筐体にはめ込んで、これでよしと言ってから、

「本当に聞きたい？」

と訊き返してきた。この手のやりとりはときどき起こる。「どうして」と刈谷が聞き、「本当に聞きたい？」と結城が確認する。込み入った話になりそうだなと思ったときは、刈谷が尻込みして「いや、またこんどでいいよ」でおしまいにする。けれどこの時の刈谷は、北原とコンピュータの結びつきが頭に残っていたからか、

「うん、聞きたい」

と前のめりになった。

結城は、おやという視線を刈谷に向けて、パソコン背面のコネクターや端子にいくつものコードを接続した。

「じゃあ論より証拠で見てもらおうか」

結城はパワーボタンを押し、動画の編集ソフトを立ち上げた。

「これがこないだ撮った映像素材だよ。生のデータだからすごく重い。こういうのは普通は軽くしてから編集するんだけど、軽くするにも時間がかかる。で、いまは実験的に生のままやってみよう。……うん、わりとサクサク動くね。いいね。いい。前とは段違いだ」

結城は満足そうにマウスとキーボードを動かしてから、「ね」と言って刈谷を見た。

「ね」と言われても刈谷にそんな実感はない。編集作業に入ると、このショットはもうすこし長くしてみようとか、このシーンはまるごと落とそうとか、もっと細かく切り替えしたほうがいい、などと口は動かすけれど、手のほうはいつも結城に頼りきりなのだ。

「だから、どうして速くなったのよ。知りたいのは理由なんだけど」

すこし酔った頭に自分の声が甘えているように聞こえた。

結城はそうだなあと言って手を動かしている。

「ねえ」

と急かすと嬌態を作っているようにも感じ、ちょっとまずいかなと思っていたら、

「餅は餅屋」

唐突に結城はそう言った。

「え」

「餅は餅屋。ラーメンはラーメン屋。中華料理店じゃなくてね。蕎麦はもちろん蕎麦屋だし」

「スパゲッティはどうなの。パスタ専門のチェーン店よりイタリアンレストランのほうがおいしいよ」

「スパゲッティはそうかなあ。ま、なにごとも例外はあるってことで」

と言われても、餅は餅屋がどんな具合に高速化につながるのかますますわからない。

「呑んできたんでしょ」

と結城に言われ、刈谷は赤くなっているだろう頰に手を当てた。

「二杯だけね」

「こんどちゃんと説明するよ。ちょっとややこしい話だからさ。素面のほうがいい」

「わかった。もうひとついい？」

結城の返事を待たず刈谷は続けた。

「ベートーヴェンは作曲家？　そう言い残して死んだ人がいました。さて、この言葉をどう解釈しますか」

「その人は、作曲家じゃないベートーヴェンを知っているってことなんじゃないの」

「作曲家じゃないベートーヴェンっているの？　ベートーヴェンはピアニストでもあったなんて答えはなしとして」

「それはあるんじゃないの」

「なによそれ」

「ほら、刈谷だってかわいいって言ってたじゃないか」

「かわいい？　私が言ったの、ベートーヴェンを？」

「まあいちばんノリノリだったのは光(み)っちゃんだよな。あいつはワンちゃん大好きだからさ」

あ。刈谷は声を上げた。

ベートーヴェン、邦題は『ベートーベン』になっている、たしか『運命』が大好きなセントバーナード犬の映画だ。肩の凝らない気軽な映画を見ようと話がまとまって、隣の部屋のプロジェクターで配信サイトから光浦が選んだのを見て三人で笑った（ちょっと泣いたりも）。ちょうど一年くらい前の話だ。

「で、それってどういうことなの？　ベートーヴェンは作曲家？　うん、でも映画『ベートーベン』もあるよね。――この意味はなに？」

　勢い込んで訊くと、結城は肩をすくめた。

　無理もない、とは思ったものの刈谷は、

「なにか言ってみてよ、なにか」

　と催促した。結城は机の上に肘を乗せて頬杖をつき、マグカップを口に運んだ。そして「だからさ」と言った。

「作曲家のベートーヴェンは最大公約数のベートーヴェン、みんなのベートーヴェンだね。だけど、光浦にとってのベートーヴェンはあのワンちゃんだよ」

　結城の答えを口の中でくり返し、嚙んで味わっていると、

「まあ僕に言えるのはそこまでだ。今日はそろそろ帰る。一緒に帰るのなら出よう」

　と唐突に断ち切られてしまった。

「いや、私はお風呂入っていく」

「そう、じゃあ。『ベートーベン』が見たくなったら、光っちゃんが買ったブルーレイが編集室に置いてあるよ」

そう言い残して結城は帰っていった。

刈谷は湯船に浸かりながら考えた。ベートーヴェンには最大公約数的ベートーヴェンと極私的ベートーヴェンがある。それはいいとして、そのことで北原はなにを訴えようとしたのだろう？

刈谷はざぶんとお湯に潜った。そして水中で髪を海草のように揺らして、叫んだ。

あとすこしだけヒントをちょうだいよ！ ここまで考えたんだから！

水中の叫びは気泡になってぶくぶく立ちのぼっていった。ぶくぶくぶくぶく……ピピピピ……。輪郭の曖昧なくぐもったぶくぶくは、いつの間にかピピピという硬い電子音に変わっている。

……気がつくと刈谷は、枕に顔をうずめたまま手探りで枕元のスマホを探していた。

――寝てたか。

耳からスマホを外し、時刻を確認すると六時を過ぎたところだった。カーテンの隙間の向こうはまだ暗い。

「はい……あと一時間ほど寝るつもりでした」

――じゃあ寝てくれ。そのために電話したんだ。

刈谷は目をこすりながら、どういうことですか、と内藤に尋ねた。

——今日はあきる野に来なくていい。来てもやることがない。着いたと思ったら俺と一緒に外出しなきゃいけないからな。そんな無駄は省いたほうがいいさ。

「わかりました。待ち合わせはどこで何時に？」

——一時から神保町でランチにしよう。

ずいぶんのんびりしているな、そんな暇などないはずだと思ったが、

——深っちゃんから連絡があった。昨夜たまたま鈴村の秘書と会えたので、そのまま呑みに行ったらしい。それで、参考になるかどうかわからないが話しておきたいことがあるって言うんで、飯を食いながらにした。そのくらいしてやらないと怒るからな。

「わかりました。神保町のどこでしょう」

——学士会館の中に入っているレストランがいいそうだ。

「了解しました。午前中はどう動いたらいいですか」

——任せるよ。

「単独行動してもいいということですね」

——ただし、八王子署に顔を出すようなことはしないでくれ。

そんなつもりはなかったが、どうしてですかと一応訊いた。

——その場で、檜原村の件は忘れてここにいろなんてことになっても困るからさ。

「そんなことってありますか」

——ああ、風向きが変わった。というか逆風が強くなった、が正しいかな。会議室にあった北原の遺留品が全部撤去されて、今日明日中に処理しないと、担当を替えるとまで言われたよ。

「誰に」

——課長。ただ、課長は署長に言われたみたいだ。

「署長が？」

いくら小規模署とは言え、署長ともなれば一国一城の主である。階級は警視。会社で言えば取締役の一員だ。そんな重役がこんな小さな件に直接意見してくるなんて考えられない。

——まあ普通はないよ。これでこの件の裏にはなにかあるということはほぼ確実だ。

そう言って、あぶないあぶない、と笑っている。

「内藤さんはいまどこからかけているんですか」

——署を出たところだ。山の中なんで寒くてたまらんが、念には念を入れて、だ。

「え……やっぱり昨日も署に泊まったんですか」

——安心しろ。いったん家に寄って着替えは取ってきたし、署でシャワーも浴びたから臭わないさ。

わかりましたと言いそうになってから、

「そんなことは心配してません」

と取り繕うと、うー、こりゃ寒い。限界だよ。続きは会ってからにしよう、と震える声で言われ、すみませんと返したとたんに、切れた。

スマホを枕の下に押し込んで、もういちどまどろみに戻ろうとしたが、目が覚めてしまって寝付けない。隣室の結城が起きだしてゴソゴソやっているのが薄い壁づたいに聞こえた。彼の生活リズムはめちゃくちゃで、遅くまで光音で仕事をしたり本を読んだりして朝方に帰ってくることもあれば、暗いうちから起きだして出かけることもある。いつの間にかカーテンの隙間の闇はうっすら白みはじめていた。

起きることにして、顔を洗っていると、隣の部屋のドアが開いて外出の気配があった。カーテンをすこし開けて外を見ると、カメラを手に鉄階段を下りていく結城の背中が見えた。近くの森に映像素材を取りにいくのかもしれない。窓を開け、冬の朝の冷気の中で刈谷は声を張った。

「ちょっと待って。散歩なら私も行く」

　学士会館に足を踏み入れたのは初めてだった。指定されたカフェレストランに行くと、高い天井からはシャンデリアが吊り下げられ、襞の山を折ったぶ厚いカーテンは広い窓をきれいな菱形に区切って、木製の質素なデザインのテーブルと椅子はエレガントだ。学食をすこし上等にした教職員用食堂をイメージしていた刈谷は驚いた。

「成り立ちは学者のクラブ施設だったらしいが、いまはホテルだよ、ここは」

　先に来て座っていた内藤が言った。

「今朝は起こして悪かったな。あれからゆっくり寝られたか」

「いえ、ちょうどいい機会なのでレクチャーを受けてました」

「なんの？」

「散歩がてら、うちの相棒にコンピュータのことを教わって」

「相棒？　昨日は映画の天才だって言ってたぞ」

「そうなんですが、大学で数学を勉強していた変人なんです。そのあと哲学も」

「数学と哲学、そして映画。これほどわけのわかんない取り合わせもないな」

「内藤さんは今朝はどうしたんですか？」

「逃げてきたよ。署の仮眠室をホテル代わりに使うな、早く報告書を上げろと言われたんで」

「大丈夫ですか」

「まあクビにはならないだろ。俺もちょいと調べ物をしてたんだ。——お、来たね」

内藤は入口に立ち止まって店内を見渡している深津記者に手を挙げた。

「せっかくなのでコース料理をご馳走してもらいたいんだけど時間がないのよね」

メニューを広げながら深津は言った。

内藤が給仕係を呼んで三人ともカレーライスにした。メニューにクラークカレーと載っているので、どんなカレーなのかと刈谷が首をかしげていると、普通のカレーライスだよと内藤が言った。「少年よ大志を抱け」という言葉で有名なクラーク博士に因んだものらしい。なんでも札幌農学校の学生にパン食を推奨した博士もカレーライスなら米を食べてもいいと許可したとか、そういうあやしい話を内藤が披露していると、実物がやってきて、ひとくち口に入れてみると普通においしい。

「最初に結論を言っとくと——」

深津が言った。

「北原って人がなんの用件で会いに来ていたのかってことはわからなかった」

予期していたように、内藤はうなずいた。

「で、秘書の千葉ちゃんはてっきり『再生産性がない』発言の抗議に来たんだと思ったんだって」

「どうして」

「ここんところ、その手の抗議をウンザリするくらい受けていたことと、現れた北原の物腰と言葉づかいが、どことなくゲイっぽかったから」

「なるほど。で、鈴村議員が北原との面会を承諾したいきさつはどんな具合だったのかな」

「それがちょっと不思議でね。最初は八王子の事務所に電話がかかってきて、その時たまたま議員がいたんだって」

「電話を取って取り次いだのは?」

「もう辞めちゃったけど、学生のアルバイト」

「連絡先は」

「それを訊くと、逆になんのために必要なのって訊かれるに決まってるでしょ。警察が事情聴取したがってると言っていいのかどうかわからなかったから、よしといたよ」

そりゃそうだ、と内藤は言って、

「で、北原がかけたのはある種の〝飛び込み営業〟の電話なのかな」

「まあ、そう言っていいと思うね」

「で、鈴村は会ってやろうと思ったわけだ」

「そうなる」

「だとしたら、北原は鈴村の気を惹くようなセールストークをしたんだろうな」

「だよね。『LGBTの再生産性について僕の意見を聞いてください』なんて言ってたら、会ってもらえなかっただろうから。ただ、なんの話し合いで訪問したのかについては、千葉ちゃんもわからないみたい。もっとも、ふたりのやりとりの雰囲気から、これは『再生産性がない』発言がらみじゃないな、とはっきり思ったみたいよ」

「つまり喧嘩ごしではなかったと」

「というか、逆だってこと」

「ふむ。で、用件は不明だそうだけど、表向きにはどうなってるのかな。秘書としてはスケジュール管理のためにも用件欄にはなにか書いておきそうなものだけど」

「用件欄にはね、『ベートーヴェン』って書いてあるんだって」

内藤は刈谷を見た。刈谷はふたりを観察することにして口を閉じていた。

「ベートーヴェンがなにを意味するかは千葉ちゃんも知らない。けれど北原の訪問はすべてベートーヴェンになっている」

「いわば符丁だな。符丁を使う必要があるってことだ」

「そう。で、訪問が重なるにつれて議員の態度は明らかに歓迎ムードになっていった。二度目からはドア口まで見送りに出てきて、別れ際に『頑張りましょう』って握手していた」

「『頑張りましょう』って握手か。まるでこれから選挙戦を戦う同志みたいだな」

「そういうこと」

「これはよくあることかな」

「ないと思う。ただ、最後は一変した」

「え、どんな具合に」

「わからないんだけど、これは決裂したぞ、って千葉ちゃんは思った」

「それでもドア口まで見送りには来たんだね」

「いや、そのときは電話だった」

「電話」

「ドタキャンして電話をかけてきて、電話口でかなり揉めてた」

「どんなふうに」

「詳しいことはわからないんだけど、鈴村はどうして今更そんなことをってかなり激しく怒っていたんだって」

「アプローチしてきた北原が鈴村との関係を一方的に切ったたってことか」

「そうね」

「原因はわからない？」

「千葉ちゃんにはね。ただ、電話を切る前に、鈴村はこう言ったんだって。『もうすこし大きな視点で物事を見ないと後悔するよ』って」

ふたりのやりとりを聞いていた刈谷は考えた。大きな視点で物事を見るとどうなるか。小さいことはどうでもよくなる。けれど、北原はそこにこだわった。そんな小さいことっていったいなんだろう。「再生産性がない」発言を意に介さず鈴村に接近した北原がこだわったことっていったいなに。刈谷は口をはさんだ。

「昨日お会いした時、深津さんは鈴村議員のことを野心家だと評していましたよね」

政治部の記者はカレーをひと匙すくって口に運ぶと、うんとうなずいた。

「どんな野心を持っているのでしょう」

「まあ、これは私がインタビューした時に、オフレコでってお願いされたんだけど、彼女はまずほかの女性議員と一緒にされたくないと思っているみたい」

「それはどういう意味ですか」

「ひとことで言うと、名誉男性じゃ満足しないってことだね」

「ＬＧＢＴについての『再生産性がない』発言は、昨日の深津さんの解説では、汚れ仕事を引き受けたってことでした。要するに野党をそちらで張り切らせておくための陽動作戦だったって仰ってました」

「そうそう」

「いま言われたのは、その役割を引き受けて長老たちから『よくやってくれた、ごくろうさん』と言われて喜ぶような人物ではないってことですか」

「そうなの、そのへんが彼女の複雑なところで、いろんな部分を差し引きして、やったほうがいいと思ったらやっちゃうようなところはある。だけど、その向こうにもうちょっとでっかいヴィジョンを見据えているってことだよね」

「でかいヴィジョンってなんなんだ」

横から内藤が口を出した。

「女性初の総理大臣になりたい、そのくらいのことを思っていそうだよ」

それは確かにでかいな、と言って内藤はナプキンで口を拭くと、給仕係を呼んで食べ終わった食器を下げてもらい、ついでにコーヒーを持ってくるよう頼んで、続けてくれと深津に言った。

「それで、あの党でのし上がっていくためには、長老たちのご機嫌を取らなきゃいけないことは彼女もわかっている。だから、ＬＧＢＴを批判したり、夫婦別姓について反対意見を表明したり、慰安婦像について韓国側を激しく非難してみせる」

「つまり、ほかにも保守的な議論を乱暴に吹っかける役を担っているということでしょうか」

刈谷が言った。

「なるほど、うまいこと言うね。ただ、かと思えば、皇室継承問題については女系天皇を認める論陣に加わったり、総理大臣の靖国訪問には異論を唱えたりしてるから、ケース・バイ・ケースでコロコロ考えを変えていて一貫性がないって言われることもあるけどね」

一貫性がない。ならば、ブレる意見の隙間を見つめれば、彼女の野心が見え隠れするのでは、そう思った刈谷はこんな質問をしてみた。

「鈴村議員は総理大臣になったらどんな政策に着手すると思いますか」

「面白い質問だね。でも、なんだろう。そう言われてみればすぐに返事ができないな。いまは与党も野党もだいたい言ってることは同じだからさ。彼女はよくレジームチェンジなんて言葉を使うけど」

「レジームって体制のことだろう。彼女は保守党の議員なんだからレジームは変えずに維持しなきゃいけないんじゃないの」

内藤が言った。

「そうでもない。最近は保守のほうが変えていきましょうって方針を立てることが多いから。

ただ、レジームチェンジなんて言葉を政権側が使う場合は、これはもう憲法改正だよ」

「日本国憲法は、戦争に負けてアメリカに押し付けられたものだったっていう例のアレか」

「そう、例のアレ。だからそろそろ自衛隊は軍隊として認めて、自分の国は自分で守るよう憲法を見直そうというアレです。レジームチェンジを鈴村議員がどういう意味で使っているのか、はっきり検証したことはないけれど、そういう意味でも使っているっぽいよ」

そういう意味でも使っている？　ということは他の意味で使うこともあるということなのか。

「どう？　役に立った」

コーヒーカップに口をつけて上目遣いに深津は尋ねた。

「ああ助かったよ」

「で、なんかわかったの」

「ベートーヴェンってのが彼女の野心なんだろうな」

「え」

「それが解ければ、一気に謎は解明だ」

「なんだ。てことはまだわからないわけね」

「はっきりとは」

「ぼんやりとは見当がついているわけ？」

「ああ、深っちゃんのおかげでね」

「わかった。そのぼんやりがはっきりしたら書かせて」

内藤はうなずいた。深津はコーヒーをひとくち口に含むとバッグを取り、じゃあそろそろ私、と言って立ち上がった。内藤は恩に着ますと軽く頭を下げて見送った。そして遠ざかる深津の背中を見ながら、

「書けるのならな」

とつぶやいた。

「コーヒーおかわりするかい」

深津の姿が見えなくなったあとで内藤が刈谷に尋ねた。思索に耽って（ふけって）いた刈谷ははっとして、

「ええ、いただきます」

と答えた。内藤はまた手を挙げて給仕係を呼んだ。

それからふたりは黙った。コーヒーが運ばれてきても、それぞれうつむきがちにカップを口につけて、考え込んでいた。

「さてと」

ふいに内藤が口を開いた。

「答え合わせをしよう」

刈谷は内藤を見た。

「ええ」

「どう思う」

刈谷が考えていたのは、北原の死因に自分たちがどこまで迫っているかだった。だからまずそのことを話題にした。

「遠いですね」

死の正体をくっきり見極めるには、まだ距離がある。これが刈谷の実感だった。内藤はそれを理解しつつ、

「近くに寄っていっていいものやら、だけどな」

「どういう意味です」

「言っただろ、退くときは退くって」

「退くんですか、私たち」

「そうしたほうがいいと思う。これはヤバい気がする」

ヤバいという点については同感だった。

「つまり、北原と鈴村議員は〝ベートーヴェン計画〟を練っていたってことですね」

「〝ベートーヴェン計画〟か。じゃあそう呼ぶことにしよう。北原が売り込んだ〝ベートーヴェン計画〟は鈴村の野心を満足させた。北原がトランスジェンダーだろうがなんだろうがウェルカムだ、と鈴村は思った。それこそ、大きな視点で物事を見てたわけだ。だけどそれはヤバいものでもあった。北原が檜原村の滝壺の横で首を吊らなければならないくらいに。鈴村議員が離党しなければならないくらいに。だからここらへんで退(ひ)くべきだと俺は思う」

そして、コーヒーカップに口をつけて聞いていた刈谷に、

「じゃあ、この線で行くと北原は自殺したんじゃなくて消されたってことになる。このことを鈴村は知っているだろうか」

「……ですね、知っていると思います」

「それを告発しないで離党するのはどういうことだ」

「それで手打ちにしたいんでしょう」

「なら、鈴村に会いに行ったところでなにも喋らないさ。このへんでお開きにするしかないんじゃないか。時間もないし、〝ベートーヴェン計画〟の内容もわからないんだから」

そうですね、と刈谷はつぶやいた。

「ただ、ベートーヴェンについては、相棒が昨夜(ゆうべ)ヒントをくれました」

「……いちおう聞こうか」

「作曲家じゃないベートーヴェンというのがいるんです」

「ほお。ドイツの学者かなにかか」

「いや犬です」

「犬？」

「ワンちゃん。映画にあるんですよ、『ベートーベン』」

「ああ、そういえばなんかあった気がするな」

「それで、一緒に映画作っている仲間がもうひとりいて、彼が犬好きで、その映画を溺愛（できあい）しているんです。クラシック音楽にはまったく興味がなくて、彼にとってベートーヴェンといえば、映画の『ベートーベン』ってことになります」

内藤はすっぱいものを口に含んだような顔になった。

「つまり、相棒の言い方を真似れば、この世には最大公約数的なベートーヴェンと極私的なベートーヴェンのふたつあるってことです」

「わからないでもないが、それが鈴村の野望とどうつながるんだ」

そう尋ねられ、刈谷は首を横に振るしかなかった。

「退（ひ）くぞ」

内藤が宣言した。

「万が一、タナボタで真実がわかったとしても、たぶん報告書には書けない」

刈谷はコーヒーをひとくち飲んでから、

「もうすこし粘ってみませんか」

と言ったが、内藤は首を振った。

「ダメモトで鈴村議員にぶつかってみたいんです」

「お前がぶつかろうとしてるのは、鈴村じゃなくてその後ろだ」

「じゃあ、私が勝手にやったということで――」

「いい加減にしろ」

怒気が含まれた内藤の声に店内の客数人が振り向いた。最初会ったころにやる気のないところを見せられたりこちらを軽んずるような態度を取られたりしたことはあったが、怒りを表明されたのは初めてだ。ただ、刈谷が真に衝撃を受けたのは、これに続くあまりにも出し抜けなひと言だった。

「親父さんみたいになるぞ」

息が詰まりそうになるのを感じながら、刈谷は言った。

「内藤さんはあの事件についてなにかご存知なんですか」

殺人事件の捜査の最中、父は新宿の路上で倒れているところを発見された。

「言っただろ、知らないって」

「だけど、親父みたいになるって。それはどうなることを仰ろうとしたんですか」

「言葉のあやだ」

「ひょっとして内藤さんが外されているのは――」

「能無しだからだ」

「父の殉職と関係があるのでは」

「ない」

「嘘です」

「ただ、藪を突きすぎた」

「誰がです」

「俺と親父さん、ふたりともがだ」

「え、それって……じゃあ、一緒に捜査してたわけですよね」

「ちがう。とにかくふたりとも退くタイミングをまちがえたってことだ」

「どういう意味です」

「俺に訊くな。訊くんだったら栄倉だ」

自分の顔はきっと蒼白なんだろうな。失言の後悔が浮き出た内藤の顔を見て、刈谷はそう思った。

「前言撤回。栄倉には下手なことを言わないほうがいい」

と内藤は取りつくろったが、もう遅かった。

「栄倉課長は知ってるわけですね」

内藤は口をつぐんだ。

「そして、私を監視してるんですね」

やはり黙っている。

「これまで私は、組織が自分に辞めて欲しがっていると思うことがありました。それは、私が映画作りをしていることなんかじゃなくて」

その先を言い表す言葉を探しあぐねていると、「とにかく」と内藤が強い語調で遮った。

「この件はこれで終わりだ。北原はトランスジェンダーである自分について悩んでいた。そんなときに鈴村議員の『再生産性がない』発言があり、憤った北原は議員会館に押しかけ問答したが、すげなく追い返された。仕事もうまくいかず、世を儚んで檜原村で首を吊った。——これで報告書を書く。そして、お前は明日から八王子署に戻れ」

嫌ですと言おうとした時、ポケットでスマホが震えた。知らない番号だった。出たほうがいいと直感して立ち上がり、学士会館の広い通路の隅に立ってから〝応答〟をタッチした。

「刈谷です」

——ちょっと会えないかな。なるべく早く。

「もしもし、どなた様でしょうか」

——ああ、女優の刑事さんだよね。昨夜うちに来てくれた。

声と名前が一致した。

「ああ、大滝さん、なにかありましたか」

——会ってから話したいんだ。

「どこで会いましょう」

——店に来てくれないかな。

もちろん承知して、切った。店内に戻って、テーブルで支払いをしている内藤に、ぷらちなキングに行きましょうと声をかけた。

「なんかあったのか」

「みたいです」

内藤は考え込んでいる。

「退くんだとしても、今日いっぱいは動けるだけ動いてみたっていいじゃないですか」

刈谷が言うと、内藤は財布をポケットに戻しながら、

「こうやって、あともうちょっとあともうちょっとと進んでいくと、いつの間にか退けないところまで行っちゃってるんだよな」

父のときがそうだったんですか、と訊こうとした時、

「まあ行っちゃったら行っちゃったでしょうがねえか」

と口の中でもごもご言いながら、立ち上がった。

「俺は店の外で待っている」

ぷらちなキングに向かう角を曲がる手前で、内藤は車を停めた。

「向こうは俺が来るのを想定してないだろうからな。俺の顔を見て、吐き出そうとしていた言葉を飲み込まれちゃまずいだろ」

「大丈夫ですか、私に任せてもらって」

「ああ、切羽詰まって大滝が刈谷に電話をかけてきたんだとしたら、昨夜の芝居は名演技だったってことだ。俺はこの辺を流しているから、終わったらまた電話をして明治通りに出てくれ。ドトールの前でピックアップしてやる」

了解です、と言って降りようとした刈谷は、はっとなって背中をシートに戻した。

「どうした」

「前方左で、煙草吸ってる若いのがいますね、見えますか」

「ああ、あのチンピラか」

「あいつが北原のアパートの前にいたやつです」

確かかと内藤が訊き、ええと刈谷がうなずいた。

「それで」

「ぷらちなキングを見張っているという可能性はありませんか」

「北原の別のボーイフレンドって可能性も同じくらいあるけどな。——リバティコーポの前で顔は見られたのか」

「視線は合いました」

「美人女優はこういう時、印象が強くなるので厄介だな」

「私はそれほどでもありません」

「ははは。それにしても、こんなところでなにしてるんだ。だいたい新宿でも二丁目はヤクザは手出ししないエリアなんだ」

と言いながら、内藤はシートベルトを外した。

「お前はあいつに見られないほうがいい。俺が行って職質するから、その間に店に入っちまえ」

内藤は車を降りた。つかつかと歩いて行き、煙草を吸っている若い男に「よお」と顔見知りのように手を上げて、相手に逃げる暇（いとま）も与えずバッヂを見せるとなにやら話しはじめた。フロントガラス越しに見ていた刈谷は、いまだと思って下車し、古い雑居ビルの陰に飛び込んで身をひそめた。

最初の来店時と同じく、店内は照明がフルモードで点灯し、開けっぴろげな光が、修理を待つ瑕（きず）をそこかしこに暴（あば）き立てていた。艶っぽさはなく殺伐として、静寂とともに醸し出された緊張感だけがあった。

刈谷の到着を待っていたかのように、大滝は入口がよく見えるソファーに座ってなにか飲んでいた。その前に置かれたオットマンに刈谷は腰を下ろした。

テーブルの上にはジャスミン茶の二リットルのペットボトルが載っていた。グラスがふたつ。ひとつにはすでに黄緑色の液体が満たされている。大滝は、大儀そうに大きなボトルを両手で持つと、空（から）のほうのグラスを満たした。

「ちょっと相談があって」

ボトルをテーブルに戻すと大滝がぼつりと言った。

「なんだかまずい状況になってるんだ」

刈谷は手帳を取り出してメモを取ろうかとも思ったが、そのまま聞くことにし、「落ち着いて話してくれますか」と暗示を与えるように言った。

「来たんだよ」

「来たって、誰が？」

「正体はわからない。ただ、まともな連中じゃない」

「それで」

「芳治からなにか預かってるだろうってしつこく訊かれた」

「どういう連中なのか、もうすこし詳しく話してくれますか」

「見るからにヤクザって感じの男たちが四人。初めて見る顔だった。だいたい、ヤクザは二丁目には手出ししないことになってるの。客として遊びに来ることはあるけど」

ゲイバーにヤクザが客として来るのは意外だったが、大滝が言うには、二丁目はヤクザをヤクザとして扱わないのと、ヤクザの中には〝両刀使い〟が少なくないから、客として来店するのはめずらしくないのだそうだ。

「だけど、席に僕を呼びつけて、なにか預かっていないか、北原の部屋には行ったか、ってしつこく訊くし、そうなるともうほかの客は楽しく呑んでられないから、出て行っちゃうし。こんなことをずっとやられたら、店をやっていけなくなる」

おかしいな、と刈谷は思った。そういうことなら新宿署の辺見に相談しそうなものだ。不審に思った刈谷は、思い切って揺さぶりをかけることにした。

「この店の修繕費などの数百万を北原さんから援助してもらってますね」

「そんなことどうして知ってるの」

当然、大滝は驚いてそう訊いてきたが、その理由をつまびらかにするわけにはいかない。

「ごめんなさい」

ですますことにして、

「つまり、疑われてるわけね」

と自分が置かれた立場をそう解釈した大滝に、

「いいえ、金銭上のトラブルが大滝さんと北原さんとの間にあったとは思っていません」

と言ってなだめた。

「どうして」

「恋人どうしであることは諦めなければならなかったけれど、大滝さんは北原さんの良き人生を願っていると仰いました。私はその言葉を信じます」

大滝は、

「――甘いんじゃないの、刑事としては。酒の席での話でしょ」

とくすりと笑ったが、

「お酒の席でしか語れない本当のことがあると思うからです。それがこういう店の存在意義だと思います」

と刈谷が言うと、こんどは黙った。

「映画はフィクションと呼ばれていて、早い話が嘘ってことなんですが、嘘でしか語れない真実なんてものもあると思うんです」

大滝はため息をついた。

「そういうこと言われると、開店前から呑みたくなってくるな」

「北原さんはそのお金をどのように工面したか話してくれましたか」

「すこしまとまった金が入った、とだけ。自分を認めてくれる人にようやく出会えたと言ってた。その時は、それが僕じゃないってことに嫉妬も感じたけど、よかったねって思ってたんだよ」

「それが誰かは、大滝さんのほうから尋ねたりはしましたか？」

「もちろんした。だけど芳くんは訊かないほうがいいって教えてくれなかった」

「その時たとえば鈴村凜って名前は出ませんでしたか？」

「鈴村……。そいつ、再生産性がどうのこうのって言ってうちらを貶めた女でしょ」

「そうです」

「ひょっとして、あいつらは鈴村の差し金なの？」

刈谷の脳裏を、あのチンピラの姿がかすめた。一昨日は北原のアパートの前で、そしてつい先程もこの店の近くで見かけた若い男。北原と鈴村は一緒になにかを企み、決裂した。しかし、鈴村は北原が持っている〝お宝〟がなんとしても欲しかった。だから、強引に奪い取ろうとして手荒い連中を送り込んだ。——と刈谷は想像してみた。

「たぶんちがう」

刈谷は首を振ってそう言った。お宝は欲しいだろうが、鈴村がコワモテの実行部隊を動かして脅しをかけるとは思えなかった。離党したいま、ここで脅迫の事実が明るみに出ると政治生命まで絶たれかねない。

「じゃあどうして、あの女の名前が出るわけ」

「北原さんが『ようやく出会えた』と心打たれた人はたぶん鈴村議員です」

驚きの色が大滝の顔にありありと広がった。これは演技ではない、と刈谷は察知した。ここまで真に迫った芝居は自分にもできないから、と。

「ふたりでベートーヴェンについて話していたんです」

大滝は言葉を失っていたが、ようやく口を動かした。

「ひょっとして、用立ててくれたお金は、あの女から取ったものなの」

刈谷は、内藤が使った金主（きんす）という言葉を思い出して言った。

「鈴村議員のお財布から出たお金ではないと思いますが、鈴村議員経由でどこかとつながって、そこからもらったと思います」

「どこかってどこよ」

金主の正体はなにか。

「それを知りたいんです」

「てことは、芳くんはお金をもらったのに、約束を果たさなかったから殺されたの。つまり僕の店のために」

「いやおそらく、この動きからすると、もっと大きなお金が動いてると思います」

「だけど芳くん、いま出してあげられるのはこれだけだからって言ってくれたんだよ。ほとんど銀行の口座に残さないで出してくれたみたい」

「だとしたら手付金をもらったんだと思います」

勝手な妄想を膨らましていることはわかっていたが、そう言った。

「なんの手付けよ?」

「ベートーヴェンという〝お宝〟の。内容はわかりません」

「手付金をもらって、渡すはずのものを渡さなかったとしたら――」

刈谷が黙っていると、大滝が先を足した。

「やっぱり、芳くんは首を吊ったんじゃなくて吊るされちゃったんだね」

同意を求めるように大滝は言った。が、刈谷はうなずかなかった。手付金を払ったのに、〝お宝〟を渡してもらえなかったので大滝を吊るした。そのような展開を思い描きつつ、これには無理があると思った。そういう連中なら、吊るす前に痛めつけて〝お宝〟のありかを吐かせそうなものだ。だけど、遺体には暴行を加えられた痕跡はない。ということは、連中はさっさと吊るしてしまったことになる。これはどこか変だ。口を利けなくした後で、〝お宝〟を見つけるためにアパートを引っ掻き回すなんて、内藤が言うように杜撰、いや杜撰すぎる。すると突然、大滝が気になることを口走った気がして、えっといまなんて? と刈谷は訊き返した。

「やだ聞いてなかったの。妹に訊いてみたらって言ったのよ」

妹。確かに北原には妹がいた。

「芳くんは妹にだけは自分の素性を打ち明けていたって話したじゃない」

だけど彼女はアメリカで結婚し、いまは異国の地で生きているのでは。

「妹じゃなくて芳くんには申し訳ないけど」

と大滝は意味不明なことを言い、気がつくと、立ち上がってこちらに背中を向けていた。両手を上げ、〝ぷらちなキング オープン四十周年記念パーティ〟のポスターの上の端二点を留めたピンに手をかけている。ピンを抜くと、支えを失ったポスターは自重で壁から捲れ、前に垂れ下がる。大滝は下のピンも抜き、ポスターを完全に壁から引きはがした。

記念パーティをやらないつもりなの？

パーティの費用のせいで北原が追い詰められたと思っているの？

もしかして店をたたむつもり？

瞬時にいくつかの説が浮かんだが、ちがう、と察知した。大滝は、横に広げたポスターを両手に持って眺めている。四十年という店の歴史に思いを馳せているにしては不自然だ。大滝が見つめているのはポスターの裏面だったから。

「芳くんが言っていた。これを信頼できる人に渡せって」

見つめていたポスターの裏面を、大滝は刈谷の目の前に広げて見せた。本来なら真っ白であるはずのそこには、線と図形がびっしり描かれている。

「なんですかこれは」

「わかる人にはわかるって言ってたけど」

「私がわかるのは、自分はこれを見てもなにもわからない人間だってことです」

「それはわかってる。ただ芳くんはこうも言った。これを見てわかる人間が信頼できるとは限らない。だったら、わからなくても信頼できる人間に渡せって」

なんだかわかるようなわからないような理屈だ。

「てことは、これがなにを意味してるかは訊かなかったんですね」

「訊いてもわかんないし」

「設計図に見えます」

「そのぐらいは僕にだってわかるよ。とにかくそれを持っていってくれないかな。それがあるおかげで連中が押しかけてる気がするんだ。まあこんど来たら、うちのお客さんにもそっち系の人はいるから相談するつもりだけど」

新宿署の辺見さんに相談したらどうですかと言うと、まだ新米だな杏奈ちゃんは、と笑われた。

「ヤクザが来て、店の雰囲気ぶち壊して営業妨害しても、暴れたりしなければ、警察はなにもできないんだよ、事件でないと動けませんってのがあいつら、じゃなくてあんたたちの基本方針なの」

そう言われた刈谷は意地になって、わかりました、私がなんとか解決案を捻り出します、と虚勢を張った。

「じゃあ期待しちゃおうかな。さて、用件はそれ。それ持って帰ってくれないかな。そろそろお店開けるから」

表(おもて)を外にして筒状にしたポスターにパーティのフライヤーを帯のように巻きつけてセロテープで留めると、小脇に抱えて店を出た。地上は夜の帳(とばり)が降りて、新宿二丁目はゲイたちの時間になっていた。夕闇は、腕を組んで歩く男の二人連れに、勇気を与えているようだった。スマホを取り出し、終わった旨を内藤に知らせて明治通りに出ると、捜査車両がパッシングしながら近づいてきた。

「〝お宝〟ゲットしました」

乗り込むなり、刈谷はそう言って、店内でのやりとりをかいつまんで話した。

「だけど、その〝お宝〟の鑑定はこれからだってことだな」

「そうです、これがなにを意味しているのかは、北原が言ったようにわかる人間に見せないとどうしようもありません」

「鑑定士を誰にするかが問題だなあ」

まさしく。本来なら署から科学捜査班あたりに相談するのがスジなのだが、

「よくない気がするなあ」

と内藤が言った。同感だった。

「ちょっと考えます」

「だけどそんな余裕もないんだよ。こちらも遺体の件は遅くとも明日いっぱいでケリをつけろとせっつかれてる。栄倉もお前を呼び戻そうと躍起だ。どちらもこの件は長引かせたくないらしい」

「でも一晩だけ考えさせてください」

「一晩だけな」

「はい、退くときは退きます」

「お前が言うと嘘くさいなあ」

口の端に愛嬌のある微笑をたたえて内藤は言った。

「ところで、さっき店の前で職質した若いのはなんて言ってましたか」

「ああ、駄目だった。まったく話が通じなかった」

「と言いますと」

「中国人だったよ」

「日本語が喋れない。いや喋れないふりをしていたのかもしれないが。それでも中国語のほうはやたら流暢だったからな。中国人なのはまちがいないだろう」

「ここんとこ新宿ではヤクザと中華系マフィアの抗争が続いているそうです」

「ああ、新聞にも出てたな」

「中華系マフィアのほうには死者が出たみたいです」

「へえ、そりゃなかなか派手にやり合ってるじゃないか」

「内藤さん、ヤクザは二丁目には手を出さないって言ってましたよね。さっき大滝さんもそう言ってたんです。中華系の連中はどうなんですか?」

「どうなんですかってのは?」

「つまり、二丁目が手つかずのエリアだとしたら、中華系マフィアが二丁目を狙っているという話は?」

「聞いたことないな。それより中国といえば、俺が思ったのは、鈴村だよ」

「え、鈴村議員の後ろに中華系マフィアがいるんですか」

「いや、もっとでかい話だ」

「でかい話……」

「鈴村議員は中国政府とのパイプが太いんだ」

「本当ですか」

「ああ、今朝の午前中に鈴村のことをあれこれ調べてたんだが、気になる経歴があったんでもういちど確認した。鈴村は日中友好議員倶楽部の副会長を務めている」

そうだった。内藤が議員会館に行った時、待ちぼうけを食らった車の中で、鈴村のことを調べたが、刈谷もこの役職には覚えがあった。

「鈴村は中国語も堪能らしい。それでさっき深っちゃんに電話した。鈴村のストロングポイントのひとつは党中央に顔が利くことだって言ってた。いわゆるチャイナスクールってやつだ」

「チャイナスクール？」

「親中派、中国びいき、いわゆる〝中国屋さん〟の政治家もしくは官僚のことをそう呼ぶんだそうだ。深っちゃんが言ってただろ。鈴村の政治的な方針についてはよくわからないところがあるって。ＬＧＢＴを牽制したり、皇室継承問題では女系天皇に賛成したりしてると思えば、総理大臣の靖国訪問には批判的な態度をとっている。つまり前のふたつは、彼女にとってはどっちでもいいんじゃないか。だから、派閥の要請でこっちを向けと言われたら、わかりましたと素直に従う。だけど、中国の神経を逆なでするような政策となると話は別だ」

「たとえば？」

「教科書問題や、尖閣なんかについても、中国側の言い分にはもうすこし耳を傾けておいたほうがいいくらいは言ってるし、首相の靖国訪問にははっきり批判的な姿勢を示した」

　思わず、刈谷の口から、深津から聞いたあの言葉がこぼれた。

「レジームチェンジ」

「そうだ。鈴村議員にとってのレジームチェンジは憲法改正なんかじゃないんだ」

「じゃあ、なんですか」

「日本がアメリカの属国から中国の属国へと転身することだよ」

あんまりなもの言いに刈谷は絶句した。

「米中の覇権争いは日に日に激しくなっている。俺たちみたいにしみったれた事件を追いかけていると実感は湧かないが、どうやらそうらしいぜ。そして、中国の人口はアメリカよりもはるかに多いから、このまま中国が経済成長を続けていけば、生産高でアメリカを抜くことはほぼまちがいないんだとさ。つまり、中国がアメリカを国力で凌ぐ日がそう遠からずやってくるってことだ。ならば、隣国の日本がいつまでもアメリカべったりでいいはずがない、なんて考える政治家がいないことのほうがおかしいよな。だから、鈴村のレジームチェンジってのは、日本の安全は中国と交渉しながら保たれるって体制への入れ替えだ。その時に、いまのアメリカン・スクールの連中は全員粛清の憂き目に遭うだろう。鈴村はそう予見している。

「内藤さん、それ妄想じゃなくて当たっています」

——なんてのは俺の妄想だけどな

話を聞きながら、スマホの画面を見つめていた刈谷が言った。

「鈴村は理工学部を大学院まで出ています。ちょっと古い言葉で言うとリケジョです」

内藤は不思議そうな顔つきになった。

「それがなんだってんだ」

刈谷がこの質問に答えようとした時、手にしていたスマホが震えた。

——どうだ。

栄倉の声には探るような調子があった。

「もうすこしかかりそうです」

——レインボークラブにまだ引っかかっているのか？

「あれはもうどうでもいいと思っています」

——だったらそろそろ戻るか。

「ただ、すこし死因に納得のいかないところがありまして」

沈黙ができ、沈黙はしばらく続いた。

――なるほど、田舎の水が性に合ったってわけだ。

「そういうわけでもないんですが」

――なら、明日でケリをつけて、明後日にはこちらに顔を出してくれ。

「いや、それだと終わらない気がします」

――あとはそっちの署員に任せればいい。ローラーで応援に来た捜査員も戻しているんだ。

「だとしても引き継ぎが必要です」

――内藤が説明すれば済むことだろ。

反論の言葉を探していると、栄倉はたたみかけてきた。

――だいたい遺体の始末にどうしてそんなに時間がかかるんだ。

「警部補こそおかしいのでは」

――なにが。

「時間がかかっているのは事件性があるからなのか、とどうして訊いてくれないんです。どうして警部補が自殺だと決めつけるんです」

――なら訊いてやる。事件性があるのか？

刈谷は迷った。ここで自殺じゃないとはっきり言ってしまうのは損だ、と直感した。

「わかりません」

――やっぱり変な影響受けてるじゃないか。とにかく捜査は明日で終わらせて、明後日はこっちに出ろ。命令だ。わかったな。

となれば拒否はできない。

――そんな遠いところにいつまでも通わせるのは忍びないからな。

なにをいまさら勝手なことを、と刈谷は腹を立てた。

「わかりました。ただ、はっきりメールで私に命令していただけますか」

――なんだって。

「明日までに事件性を明示できなかった場合、秋川渓谷で発見された遺体の件についての捜査から離れろと」

――なにを大げさな。

「いえ、これだけはどうかよろしくお願いします」

毅然とした調子には上司もちょっと驚いて、俺は喧嘩腰にさせるようなことを言った覚えはないぞと宥めてきたが、いえ、喧嘩腰なつもりはありませんと刈谷が言い返すと、最後はわかった出しておく、と折れたので、礼を言って切った。

横を向くと、内藤は薄笑いを浮かべていた。

光音に戻った時、光浦に夕飯はカレーですよとにこやかに言われ、刈谷は絶句したが、内藤は平気な顔をしていた。ならば刈谷もオーケーするしかない。

「しかし、ごちそうになってもいいのかね」

内藤が遠慮がちに言うと、

「明日も食える分ぐらい作ったので大丈夫ですよ」

と光浦が屈託のない声で言った。結城が蕎麦好きなら、光浦の好物はカレーだ。あちこち食べ歩いて、自分でも作る。店主と世間話をしながらコツを教わって、自分もかなりの腕前だと自負している。カレー一択メニューでこのキッチンで商売できないかと企んでいて、結城が嫌がらなければ本当にやりそうな勢いだ（まちがいなく嫌がる）。

「カレーだけじゃなくここで映画も作っているわけか」

ダイニングテーブルの椅子に腰かけ、リビングを見回しながら、内藤が言った。

「はい、こちらは光音の本社になります。支社はないんですけどね。あはは。あ、来た、こちらは社長の結城和之さんです」

二階から下りてきた結城は、どうも結城ですとだけ言って、テーブルに着いた。

「映画なんてものは大きなスタジオで作るものかと思っていたよ」

「私たちはスタジオを借りる予算がないので、全部ロケで撮ってます」

刈谷がカレーライスの平皿を回しながら言った。

「はあ、じゃあここはなにするところなんだ」

「基本的には、編集と整音、それから最終的な仕上げです。――じゃあ食べますか、いただきます」

テーブルを囲んだ四人はそれぞれにいただきますと言って、スプーンを使いはじめた。

「ふーん、できるものなんだな」

感心したように内藤が言った。

「ええ、いまや映画はデジタルになったので、デジタルで撮って、デジタルで編集して、最終的にデジタルメディアで完成品に仕上げます。つまり最初から終わりまでコンピュータを使っているんです」

「だけど、映画の編集作業やなんかはオフィスで使っている普通のパソコンでやれるものなのか」

内藤から向けられた視線を刈谷は結城にパスした。

「ええ、やれますよ。動画の処理は静止画よりも重くなるので、ある程度のものを使わないとノロくて話にならないんですが、それでも、3Dでゲームをやってるゲーマーたちが使ってるものに比べたら、ごく普通のパソコンだと言っていいと思います」

この機をとらえて刈谷が言った。

「彼が鑑定士です」

ダイニングテーブルからソファーに移動して、ローテーブルの上に裏返しにされたポスターを見た結城は、すぐ〝お宝〟の鑑定結果を発表した。

「これはコンピュータの設計図です」

「たしかなの？」

と刈谷が確認し、結城がうなずいた時、内藤は疑わしそうな視線を刈谷に向けた。

「彼は大学で数学と哲学を勉強していたんです」

「それは聞いたけど」

「コンピュータの中身は数学でしょ」

隣で結城がちょっとちがうぞなんて言うかなと思ったが、熱心に図面を見つめているので、

「それに英米の分析哲学ってコンピュータとも関係が深いんですって」

と、結城からよく受けた説明をつけ加えた。

この間も結城は黙って図面の上にかがみ込んでいた。細かい文字に顔を近づけたり、背筋を伸ばして遠目に眺めたり、ソファーの上に立って全体を見つめたりして時々、

「うーん」

と唸ったり、

「ああ、なるほど」

と納得したりしている。

とりあえず本人が口を開くまではほうっておきましょうと刈谷が言って、丸椅子を結城が座るソファーの横に持っていき、それをサイドテーブル代わりに、コーヒーを載せて小皿に盛ったクッキーを添えた。それから残った三人で、ダイニングテーブルに腰かけて、光浦のカレーの味を品評したり、近くの蕎麦屋はうまいので今度行きましょうと小声でひそひそ話していた。

「光っちゃんカメラ持ってきてよ」

いきなり結城がそう言って、ムービーですかそれともパチカメですかと光浦が訊いた。一眼レフでいいよ、三脚とライトもね、と結城は白い壁にポスターを横に広げ、

「こんな具合にここに貼るから、刈谷は両面テープ用意して」

と指示を出した。

ポスターを、裏面つまり図面のほうをこちらに向けて、壁に留め、その中央にレンズがくるように三脚を置き、そこに載せた一眼レフのシャッターを切る。切るたびにすこしずつカメラのボディを動かしてまた切る。それからこんどは三脚の位置も変えて、図面の各部分を同様に接写していった。

それがかなりの長時間に及んだので、内藤が大丈夫かという目つきで刈谷を見た。刈谷は、こうなったらほうっておくしかないという意味を込めてうなずいた。それを察したのか、内藤は空いたソファーに移動してそこに身体を沈め、腕を組み、うたた寝を始めた。

結城は、ずいぶんと長い間、引いては寄り、寄ってはまた引いて、端から端まで執拗に撮っていたが、ようやくカメラのボディからSDカードを抜き出すと、それを持って二階に上がっていった。

「ひょっとしてこれから編集するつもりなのかな」

と三脚からカメラを取り外しながら光浦は言った。

「それ以外に考えられる？」

とライティングの傘をたたんでいた刈谷は言い、ソファーでまどろんでいる内藤を見て、たぶん今夜は光音の車を使わせてもらうことになるからと光浦に断った。

機材を片付け終わって、ダイニングテーブルの椅子に腰かけていたら、壁掛けの電話が鳴って、上がってきてくれと言われた。

内藤を起こし三人で階段を上って、ここが編集ルームですと紹介してドアを開けた。結城は机に座ってマウスに手をかけていた。

「なにが始まるんだ」

目をこすりながら内藤が言った。

「上映です」

刈谷はそう言って、壁を背にして置かれたソファーを内藤に勧め、自分もその横に座った。

光浦は、事務椅子を転がしてきて、そこにかけた。

「じゃあやるよ」

と結城が言い、光浦が部屋の灯りを落としてプロジェクターの電源を入れる。すると、ポスター裏の図面が正面奥のスクリーンに投影された。

「昨夜（ゆうべ）、ベートーヴェンは作曲家かって刈谷が言ってただろ。ベートーヴェンと聞けば、十中八九は作曲家を思い浮かべるけど、光っちゃんなんかは犬の『ベートーベン』を連想しちゃうんじゃないかって言ったじゃない」

「その話は覚えてる。で、それとこいつは関係あるの」

「あると思うんだ」

「ちょっといいかい」

内藤が口を挟んだ。

「そもそも、俺たちが見ているそいつはコンピュータのいったいなんなんだ」

「構成図です、おそらく」

「構成図……」

「ええ、こういうふうにコンピュータのシステムを組み直すべきだという提案です」

「新型ってことかな？」

「いや、新型という言葉は似つかわしくないかも。むしろ旧型だと思います」

「旧型……。だとしたら性能はちょいと落ちるけど安いってこと？」

「いや、すごく高速になるでしょうね。このシステムが本当に組めれば」

「値段は？」

「いまならまちがいなく安くなります。昔なら逆でしたが」

「つまり、発想は古いけれども、いまの最新型より速くて安いコンピュータができ上がるって理解でいいのかな」

「いいでしょう」

「どうして古いのに速くなるんですか」

「簡単に言っちゃうと楽をさせるからです」

「楽をさせる？　コンピュータに？」

「そうです。えーっと、そもそもコンピュータはどんな仕事をしているのかというと、処理をしているんです」

「処理……」

「そう、処理。取り扱って始末をつけてるわけです。どのように処理するべきかを命令するのがプログラムで、プログラムの命令どおりに処理していくわけです」

「えっと、なにを処理してるんだ」

「情報です。コンピュータが取り扱うのは情報だけです。で、情報をある命令に従って処理をしている部分、これは僕らが使っているパソコンだと、ここらへんに当たります」

結城はキーボードをいじって、画面の中央部分にズームした。

「中央演算処理装置、ＣＰＵと呼ばれる部分ですね。これを高価なものに換えると処理スピードが速くなる。クロック数を上げて処理するタイミングを短くし、コアと呼ばれる処理担当者を増員して並列に処理させ、一定時間に処理する量を上げているわけです」

結城は背中を向けたままとりあえずここでいったん区切った。誰もなにも言わなかった。

まずここまでは大丈夫だなと判断したのだろう、結城はふたたび話しはじめた。

「いまのコンピュータはフォン・ノイマン型と言って、記憶装置がプログラム内蔵方式になっています。つまり、データと命令がメモリの中に同居しているわけ。これがフォン・ノイマン型コンピュータの特徴で、利点も多い」

そろそろ理解のほどが怪しくなってきたが、まあ喋らせておくかと思い、刈谷は黙っていた。一方、内藤も口を閉じたままだが、こちらと同じ了見でそうしているのか、理解できているから口を挟まないのか、ちょっとわからない。

「まず、利点から説明すると、パソコンってソフトを替えればいろんなことができるでしょ。僕はいま画像編集ソフトを使ってこれを説明してるんですが、ソフトを切り替えれば家計簿だってつけられるし、DTMソフトで音楽を作ることもできる。同じコンピュータを使いながらもソフトウェアを変化させればいろんな用途で使える。で、こういうことを可能にしたのがフォン・ノイマンという人です。つまり、コンピュータはハードウエアとしてすべてを提供しなくてもいい、プログラムを替えれば多目的に使えるんだからってこと。ただ、この方法はCPUに負担をかけているんです」

いまのコンピュータはCPUに無理を強いている、それだけを覚えておこうと刈谷は心に留めた。

「だけど処理をＣＰＵに任せないでハードにしちゃうとどうなるか。さっき使ったデジタルカメラ、あれもまあコンピュータと言っていい。画像という情報を処理してるわけだから。ただ、あれで電話をかけたり、家計簿をつけたりはできない。用途が特化している。その特化した処理の命令をハードウェアに埋め込んでボディに格納している。こうするとものすごく処理が速くなる」

ふと刈谷は、昨夜のこの部屋でのやりとりを思い出して、口を挟んだ。

「結城君、グラフィックボードの試作品をそのパソコンに入れてたじゃない、そのときにＣＰＵを換えないで速くなったって言ってたけど——」

結城は椅子を回して振り返り、人さし指で刈谷を指した。

「まさしくそれ。グラフィックボードがやっているのは画像処理や動画処理やエンコーダっていう、手間がかかるけれども単純な処理作業だから、作業の命令をそのままチップに埋め込んで、処理させればいいわけ。映像や画像はグラボ、餅は餅屋に任せたほうがうまいというか、速いわけさ」

「つまり、助っ人を使って、パワーアップすることで、楽をしようって企んでるわけね」

「そう言ってもいい。グラボがなかった昔は、コンピュータがディスプレイに画像を表示するには、ＣＰＵが文字や位置の情報について命令を出して、それを映像専用メモリに書き込み、しかるべき処理をしてからディスプレイへ送信してた。いまは、グラフィックボードが、図形や画像を計算して表示する仕事を一手に引き受けている。つまり、CPUがしていた仕事を代行してくれているわけ」

「でも、助っ人のパワーを上げるのと、自分の能力を伸ばすのとでは、自分自身がもっと賢くなったほうがいい、つまりCPUを高級品に換えたほうがいいような気がするんだけど」

「それは人間とコンピュータを同じように考えているからまちがうんだよ」

「どういうこと?」

「コンピュータってのはどういう方針の下に改良していけばいいかっていうと、基本的にはいつもやる単純作業を高速化させるのがいいんだ」

「じゃグラフィックボードがやっている仕事って単純作業なの」

「そうだよ。各ドットの色を決めたり、図形の二次元的な座標を計算するってのは単純な計算でできる。ただし、短時間で膨大な回数の計算を延々とやり続けなければならないから、負担はかかる。だからこういうものはCPUにやらせても意味がないってことさ」

ちょっと待ってくれ、と声を上げたのは内藤だった。

「さっきから聞いていると、この図面にあるコンピュータってそんなに大層なものなのかなって気がしてくるんだよ。実際、グラフィックボードでCPUの負荷を軽減することはすでにやっていることじゃないか」

　そう言われてみればそうだ。この程度のことで鈴村議員が興奮して北原と組もうとするだろうか？

「そう言ってしまえばそうなんですが、この人はここに着目してるんですね」

　結城はマウスをいじって、図面の別の位置にズームインした。そこには Search & Sort という文字があった。

「サーチとソート、〝検索と並べ替え〟って意味じゃないの」

「そうだよ」

「それがなんなのよ」

「情報技術はＡＩに向かっている。ＡＩってなにかわかる？」

　いきなりそう訊かれて刈谷はギョッとしたが、

「ＡＩ……人工知能じゃないの」

「そう。つまりＡＩを実現しようぜってことは、人間の知のはたらきをコンピュータで代行させちゃおうってことだ」

「それは単純作業じゃないってこと？」

「お題目としてはそうだね。ＡＩってのは経験から学ぶとか、たぶんこうだなって推論するとか、こういう場合はこうしようって判断して問題を解決するとか、作曲するとか、詩を書くとか、そういった人間だけがやれると信じられてきた知的なおこないをコンピュータにやらせることができるかってプロジェクトだと考えてもらえばいいや」

「で、そのプロジェクトの進捗状況ってどんな感じなの」

「ある分野では非常にうまくいっている。ビッグデータを使ってね」

「例えば？」

「もう人間はチェスや将棋ではコンピュータに勝てなくなっただろう」

「え、そうなの」

「知らないの。チェスはもうずいぶん前に世界チャンピオンが負けたよ。将棋だっていまのプロ棋士は将棋ソフトを使って勉強している。実際、藤井聡太が使っているコンピュータのスペックはものすごいからね」

「なんだか、さみしい話だな」

「僕はそうは思わない。つまり将棋やチェスってしょせんはそう、い、い、いうものなんだよ」

「で、そのAIってのがサーチ&ソート、〝検索と並べ替え〟に関係あるのかい」

内藤が割り込んだ。

「そうです。そこを説明しようとしていたのでした。もういちど言うと、AIって人間の知性をコンピュータで実現できるかってプロジェクトです。そのプロジェクトのしょっぱなに選ばれたのが、チェスや将棋だと思ってください」

内藤はうなずいた。

「そしてこの分野では、コンピュータは人間を凌ぐほどの知性を実現できた。そのことに刈谷は寂しさを感じているけども、そんな必要はないんだってことを言おうとしてたんです。なぜなら、チェスや将棋をやるコンピュータは、膨大な過去のデータを検索したり比較して並べ替えたりしながら、最良の手を選んでいるだけだから。つまりビッグデータのサーチ＆ソートをやっているだけだ。チェスや将棋で人類が負けて明らかになったのは、将棋ってそ、う、い、う、ものなんだってことです。まあそう考えると内藤さんが言ったことにも一理あって、そんなに大層なものじゃない気もするな。そもそもフォン・ノイマン型コンピュータなんて、単純な命令を順番に処理する機械にすぎないんだから」

結城はとつぜん冷めた表情になった。

「だけど」

と刈谷はまだこだわって、

「そういうもの、つまり人間にしかできない行為だと思われていたものがコンピュータにもできる。もっと上手にできる、そんな分野がこれからどんどん拡大していったりしない？」

「それは……する」

「じゃあ、最後に残るのはなに」

結城の顔に喜びなのか憂いなのかわからないほど微かな変化が現れ、いま自分が放ったひとことが彼を刺激したことを刈谷は認めた。しかし、結城が答えようと息を吸い込んだとき、

「ちょっと待ってくれますか」

とまた内藤が割り込んだ。

「この図面を描いた人は、サーチ&ソート、〝検索と並べ替え〟に注目しているんじゃないかって話をさっきしてくれましたよね」

「そうです」

「AIの実現はサーチ&ソート、〝検索と並べ替え〟にかかっているからだってことも仰った」

「そのとおりです」

「じゃあ、その〝検索と並べ替え〟を北原はどう改良しようとしているんです」

「そこで、CPUにかかる負担に話は戻ります。実はこのサーチ&ソートは、CPUにすごく負担をかけるんです。藤井聡太が使っている自作コンピュータに組み込んだCPUの値段って、僕が調べたサイトでは五〇万円以上しました。つまりそのぐらいのCPUを使わない

と、プロ棋士レベルじゃ満足できないってことですよね」

「じゃあ、サーチ&ソートの作業からCPUを解放させてやれば？」

「まさしく、この人がやろうとしているのはそれです。サーチ&ソートの論理回路を組んでチップ化してやれば、CPUは同じままで高機能を実現することができる」

「なるほど。しかし、検索と並べ替えが高速になったら高度なAIが実現できるってのがよくわからないんですが」

「じゃあ、まずデータとはなんだってことを考えて欲しいんです」

「データって、情報のことじゃないんですか。なにかを判断したり決断するための」

「正解です。では、もう一歩進んでこう考えてください。データっていうのは過去の記録だと。人間ぽく言えば経験だと」

経験か、と内藤はつぶやいた。

「過去の経験と照合して判断することは人間の知性にはとても大事です。例えば、いまAIを使った翻訳の精度が飛躍的に向上してますよね。昔はコンピュータに翻訳をやらせると逐語訳みたいな不自然でアホな訳文を出してきて、それはそれで面白かったんですが、最近はかなりいい線いくようになっちゃった。これは、オリジナルのテキストデータと翻訳したそれとを記録させ、人間はこういう場合はこういうふうに翻訳したという蓄積した経験に照らし合わせて、目下取り組んでいるテキストの最適解を出すわけです」

わかったようなわからないような説明だったが、隣で内藤が、なるほど、と言ったので、内藤がわかっているならいいやと思って黙っていた。

「ほかにもいろいろありますね。流通産業は過去のデータを蓄積すれば、最適な在庫量を出せるし、食品ロスも減らせそうだ。物流業は過去のデータから最適な中継ルートを出せる。とにかく、人間の生は経験し試みることの中にある。経験を反省して実践的な知識や工夫を作って、また経験によってそれらをバージョンアップしていこうって考えるのが経験論哲学です」

結城と話していると、急に話が抽象的になって面食らうことがある。タイムリミットが迫り焦りを感じている内藤が、話が逸れていると苛立ちやしないだろうかと思ったが、当人は興味深そうにうなずいている。

「さらにこの人は、サーチ&ソートの個人の経験値を次の作業に反映させようという意図を持っているようです。つまり、検索エンジンのテキスト欄に〝ベートーヴェン〟と入力したら、作曲家のルートヴィヒ・ヴァン・ベートーヴェンが最上段に来る。いまは誰がやってもこうなりますが、この人は個人の履歴を反映させようとしている」

「あの、いいですか」

　ここまで黙っていた光浦が手を挙げた。

「でも、グーグルとかで単語を打ち込むと前に検索をかけたものが候補に挙がってくる機能はすでにありますよ」

「ああ、サジェスト機能とかオートコンプリートとかっていうやつだよな。じゃあ、光っちゃん、〝ベートーベン〟って検索かけてみてよ」

「……え、あ、出ないや、全部作曲家だ」

「だろ。すべての経験値から出しているわけじゃないから、最大公約数のベートーヴェンに負けちゃうんだよ」

「すべての経験値から出してないってのは？」

「たまたま光っちゃんが〝映画ベートーベン〟で検索をかけてないからだね。光っちゃんが『ベートーベン』のブルーレイをアマゾンで買ったこととか、セントバーナード犬のブリーダーのサイトを覗いたこととか、ファンフォーラムに顔を出したこととかの履歴まで含めて結果に反映させるとまたちがってくると思うよ。さらに、この人が目指しているのは、オートコンプリートみたいな親切で便利な機能ってわけじゃない。もうちょっと強烈で大胆なものみたいだよ」

　そう言って結城はＣＰＵの上のほうにある、ごちゃごちゃした記号列の上でマウスのポインタをグルグル回した。

「一見、このコンピュータの特徴は、ビッグデータのサーチ&ソートを、CPUに負担をかけずに高速化することにあるように見えるんです。だけど、本丸は、各個人のこれまでの経験値のありったけを検索結果に反映させて、そこに高度なAIを実現させようってことだと思います。たとえば、死んだ奥さんの過去の経験をごっそりデータ化した上で、それをコンピュータに移植してやれば、旦那さんが『あの時のベートーベンはよかったね』と語りかけたときに、死んだ奥さんそっくりのアンドロイドに『ほんとかわいかったわ、私もセントバーナード飼いたくなっちゃった』って答えさせられるなんて考えているらしい。まあ実際できると思うよ、その程度のことは」

結城が口を閉じ、沈黙が座に降りた。次に聞こえたのは内藤のため息だった。

「確認させてください」

と内藤はこんどは息を吸い込んだ。

「その過去の経験値をサーチ&ソートする部分をハードウェア化して、CPUの外で仕事させてやれば、安価だけれども、非常に高性能なコンピュータができる。でもそのためには、サーチ&ソートの論理回路を物理的なチップにしなければならない」

「その通りです」

「できるんですか？」

「できると思ってるんでしょうね、この人は。僕はコンピュータ屋じゃないので、そこはわからない。少なくともそのための論理回路はできあがっているみたいですよ」

「じゃあできるとしましょう。それを持って日本のコンピュータ会社に出向いて、門前払いを食わされる可能性なんてあるんですか」

「ありますね、大いに」

「どうして」

「馬鹿だからです」

まずいな、と刈谷は思った。結城は、普段は相手の心情に気を配るやさしい男なのに、ひとたびスイッチが入ると、耳を覆いたくなるような罵詈雑言を吐き出して止まないことがある。

「なんか、哲学を勉強していた院でもいろいろあったみたいですよ」

と光浦も言っていた。ただこのときの結城は、自分の恨みつらみと北原のそれとをシンクロさせて発言していたので、刈谷は止めないほうがいいと判断した。

「日本人はそんなこと無理だよって言うのが好きなんです。無理だよって言うことで自分はお前なんかよりわかっているんだと相手に誇示する。また、無理だと決めて、恥をかかなくてすむよう保身をはかる。その程度のプライドでできている人間がいいポジションに居座って、持ち込まれた企画を検討し、そんな簡単なもんじゃないよと言って突き返す。この体制を変えられないでいるうちに、日本はトップ集団でどんどん順位を下げていくわけです。どうして、メガバンクのATMのシステムがあんなに頻繁にダウンするんですか？　どうして感染症を防ぐために政府の肝いりで作った位置情報アプリがまったく動いてなかったなんてことが起こるんでしょう？　ひと言で言うと馬鹿が実権を握って、馬鹿がのさばる構造になっているからです」

結城の悪口(あっこう)を刈谷はこんな具合に翻訳していた。

もう疲れた　なにもかも
うんざりだ　さようなら
やっとなれたよ　どうでもいいと思えるように
もういくよ　このくだらない世界から
さようなら

北原が決別しようとしたのは現世ではなく、自分を認めようとしない日本だったのか？

「では、ちょっと妄想めいたことを言わせて欲しいんですが」

内藤が口を挟んだ。

「北原は日本企業にこのアイディアを持ち込んだ。もし企業の窓口を担当しているのが、結城さんだとしたらどうしますか」

「僕なら検証して可能だと判断すれば、すぐに予算をつけるよう会社に申請します。ただ、そのためにはあともう少し情報が欲しいな」

「……これでは足りないと」

「上にあげるとしたらハード化するための具体的なロードマップが必要です。あとはハードに内蔵するプログラムも」

「ということは、この図面だけじゃ完璧じゃないってことですか」

「ええ、もうワンピースかツーピース必要ですね。それさえあれば」

「オーケー。ともかく、それだけ魅力的なアイディアだってことだ。だけど馬鹿な日本企業の担当者はこれを拒否した。じゃあこんどは、このコンピュータを構想している側になりきってください。次はどこに持っていきますか。なるべく高く買ってくれそうなとこはどこだろう」

「まずはアメリカですね」

「では、アメリカのコンピュータ企業がこのアイディアを拒否するとしたら、どんな理由が考えられるだろうか」

「それはここここでしょう」

結城はプロジェクターに別の画像を出した。

「どうやらこの人は、このシステムを十分に生かすためには、ハードウェアの開発と同時に、自分が作ったOSを使うべきだと主張しているようです。OSの詳細はここには書かれてませんが、これはアメリカの情報産業にとって大変な脅威になるでしょう。あとはここ。これはインターネットのサーバーなんですが、ここも新しいアイディアで軽く安く構築できるようになってます。いまやサーバービジネスはアメリカのコンピュータ業界にとって非常に重要な位置を占めています。なにせ日本の官庁のサーバーはアメリカの企業が納品してますからね。サーバー代の徴収だけじゃなくて機密情報だって取り放題。スパイを送り込む必要がなくなるのでCIAは大助かり。これを日本独自のものに換えられて暗号を強固にされるとCIAは激怒しますよ、きっと」

内藤は苦笑しつつ、じゃあついでにもうひとつ妄想を聞いてもらいたいんですが、と断ってから、

「このアイディアを中国に持っていった場合はどうなりますか」

結城は急に黙り込んだ。しばらくたっても返事がないので、内藤は自分の見解を述べはじめた。

「このコンピュータを中国人民に持たせれば、各個人の検索と並べ替えがこの上なくスマートにおこなわれることになりますよね。でもってあの国は、国民の情報はことごとく中央政府が吸い上げる体制になっている。となると、さらに精製されたデータが中央に蓄積されることになりませんか。おまけに、中国っていまは半導体の生産拠点だから、このような構成変更は半導体ビジネスにとってもおいしい話になるような気がするんです。さらにOSがアメリカ製じゃないのも喜ばしい。いいことずくめに思えますが」

結城は、そうですね、とうなずいた。

「うちの会社はこのあいだ、中国福建省の廈門(アモイ)にあるパソコンメーカーの動画制作を受注したんですが、もし、さっき言ったサーチ&ソート機能の論理回路と、ハード化実現の手順書があるのなら、僕がその会社にこの企画を持ち込みますけど。おそらく、億単位の金がもらえるプロジェクトだと思います」

内藤は真夜中に光音を出た。運転しますと刈谷は言って捜査車両に乗り込んだ。これを光音のバンで光浦が追尾したのは、帰りの足を確保するためだ。

車が新府中街道から甲州街道に入り、国立インターチェンジで中央自動車道に乗り換えたところで、ようやく助手席から声がした。

「基本的にはここらへんで手を引いたほうがいいような気がする。大体のところはわかったし、もういいんじゃないか」

北原と鈴村が目論んでいた〝ベートーヴェン計画〟のおおよそは明らかになった。さらに内藤が大胆な仮説を口にした。内藤の読みはこうだった……。

理工学部出身の鈴村は北原のアイディアを理解することができた。

八王子の事務所で、「再生産性がない」発言についてのクレーマーではと警戒しつつ、電話に出た鈴村は、話を聞くと、これはおいしいネタかもしれないと思い、北原を永田町に呼んだ。

鈴村は、北原のアイディアを検討した。そして、「いける」と踏んだ鈴村は、これを中国に売り込んだ。おそらく北原は、中国市場を前提にこのプロジェクトを鈴村に持ち込んだのだろう。

中国は食いついてきた。そして、逃すまいと手付金まで払った。北原が大滝の口座に振り込んだ金や宝クリニックに振り込んだ手術代金の出処はここだ。つまり金主は中国だ。

これによって鈴村は、覇権の移行を促す一因となりうる情報を提供したとして、中国での信用スコアを大きく稼いだことになる。そして覇権が中国に移行すれば、現日本政府のアメリカンスクール勢はパージされ、いまは少数派のチャイナスクール勢の中では主要メンバーの自分が引き上げられるだろう。――鈴村はそんなふうに期待したかもしれない。

……真夜中の中央自動車道の下り車線はすいていた。

「そうですね、このへんで退く(ひ)のが賢明かもしれません」

運転席でハンドルを握る刈谷が答えた。

「内藤さんと私の見立てが正しければの話ですが」

「当たっていると思うか？」

内藤は助手席のシートをすこし後ろに倒してから言った。

「思います」

「あぶないなあ」

フロントガラスごしに夜空を見上げながら、内藤がぼんやりつぶやいた。

「でも、北原にとっても鈴村議員にとっても、いい話なのにどうして決裂したんでしょう」

「そうだな、最初は慎重、すぐに意気投合、けれど最後は決裂みたいな雰囲気になったたって、深っちゃんも言ってたからな」

「『もうすこし大きな視点で物事を見ないと――』と議員は言ったたってことですけど、だとしたら小さなことに北原はこだわったってことになります」

「鈴村にとっては小さなこと、だけどな」

「それに、北原が自殺する理由もわかりません」

「自殺だと思っているのか」

「いや思っていません。ですから、自殺って線はもうないんですよ」

「ここで『ない』って同意するのはあぶないけど、まあないだろうな。ただ、誰かに始末されたんだとしたら、犯人はいったい誰だという面倒くさいことをこれからまた考えなくちゃなんないぞ」

「それについては思いあたることがあるんですが」

「あぶないなあ」

「内藤さんもあるんじゃないんですか」

内藤は笑った。

「じゃあ答え合わせをしませんか」

ふたりは車の中で自分たちが思い描いている〝真相〟を語り合った。重ね合わせたふたりの画は概ね一致していた。食いちがうところは、互いにそう思う根拠を出し合って修正した。

内藤が驚いたように、

「なるほどそう考えれば辻褄が合う」

と唸ったのは、リバティコーポやぶらちなキングの前でうろうろしていた若いチンピラふうの男と、リバティコーポの前に停めてあった捜査車両からなにかを盗み出そうとして逃走した男、それから八王子の事務所を襲った実態のないレインボークラブという団体のメンバーを名乗る暴力団構成員のふたり、これらの行動にひそむ意図を刈谷が解き明かしてみせたときだった。

「あぶないなあ」

内藤はまた言った。

「下手に動くとまた栄倉を刺激するぞ」

普通なら、組織はこんなふたりにコンビを組ませることはない。このタイプの同類がくっつけば、互いに想像力を刺激しあって、隠された事実を探り当てることがあるかもしれないが、事実から離れたほうへ妄想を膨らませブレーキが利かなくなることがなにより怖い。ただ、八王子の事務所襲撃はワケありだから下手に引っ掻き回さずにすぐ犯人を挙げて送検しろ、と上から言われ、栄倉は、だったら面倒くさい刈谷は外しておいたほうがいいと考えて遠くに追いやったところ、その先にたまたま同類がいた。相手が内藤だと知って、栄倉もまずいなとは思ったろうが、気がついたときにはすでにこのコンビは走りだしていたというわけだ。

「でも、ふたりだけで答え合わせしても、本当の答え合わせにはなりませんよね」

刈谷がそう言うと、内藤はすぐにその意図を察知した。

「でも、無理やり先に進んだってできるとは限らんぞ」

「そのときは、そのときです」

内藤は黙った。そして、あきる野署に到着する直前になって、

「退くべきだったんだよ、刈谷警部補も」

と言った。刈谷杏奈は巡査長で、警部補は自分の父が殉職した時の階級だった。

「知ってるんですね、なにか」

「いや、知らない。ただ勘で言ってるだけだ」

「その勘を聞かせてください」

「またにしよう。またの機会があるのならって話だが」

「どのタイミングで父が退くべきだったと思うんですか、それだけでも聞かせてください」

「……権力者がらみの事件の捜査で、上司の許可が出なかった時だ」

「知ってるんですね」

「だから勘だって言ってるだろ。上が俺たちに許可しているのは、アメリカ淵の木にぶら下

がった死体は自殺によるものだって報告書を書くことだけだ」

「権力者って鈴村議員のことですか」

「鈴村は離党した。ようするに俺たちと同じではぶられたクチだよ」

「なら内藤さんが言っている権力者って誰です」

「新聞読んでないのか、鈴村に離党を促した政治家は誰だ」

刈谷ははっとした。

飯森党幹事長……。

「そうだ。あの元首相の古ダヌキだ。だから言ってんだ」

父の殉死は首相の息子が変死した事件を捜査中のことだった。父は背後から後頭部を至近距離で撃ち抜かれていた。すでに犯人は捕まっていて、現在も服役中だ。

「だから退(ひ)くときは退くんだ」

「いやです」

そう言って刈谷はブレーキを踏んだ。車はあきる野署の前で停車した。

内藤は助手席のドアを開けて先に自分が降り、前から回って運転席のドアを開けた。

「降りてくれ」

シートベルトを外して刈谷は降りた。入れちがいに、内藤が乗り込む。乗ってきた捜査車両が駐車場に入って行くのを刈谷は見送った。

クラクションが聞こえた。振り返ると光音のバンが停まっていて光浦が窓から顔を出している。

「乗ってください、寒いでしょ」

刈谷はコートも着ずに立っていた。

「すぐに戻ってくると思う。車を返す手続きをしに行くだけだから」

後部座席に乗り込んで刈谷が言った。

「ここに泊まってたんですか」

「そうなの。三日目ともなると、本人はよくても周りから苦情が出てるだろうね。普通に当直で仮眠室に寝てる人もいるわけだからさ」

署の入口に視線をやりながら、そんな会話を交わしていると内藤が出てきた。光浦がパッシングして、こちらの居所を知らせた。

「都道七号線でいけばいいんですかね」

内藤が乗ってくると、光浦がナビを見ながら尋ねた。

「ああ、フォスター電機のちょい手前だ。そのあたりに来たら教えるよ」

了解ですと光浦が言って車を出した。内藤が途中でコンビニに寄って欲しいと言ったので、降ろしてやると、すぐに袋を提げて戻ってきた。乗り込むとき、なにかがカチンと鳴った。腰元に置いた時、袋の口から緑色の焼酎の小瓶がふたつ見えた。

「助かったよ。三日ぶりに一杯やって自分ちで寝られるからな。といってもご覧の通りのボロアパートだけど」

アパートの前でシートベルトを外しながら内藤は降り、

「明日は署に来てくれ。不便なところで悪いが、これで最後だ」

と刈谷に窓越しに声をかけると、コンビニの袋をカチンカチンと鳴らしながら、アパートの外に組まれた鉄階段をのそのそ上っていった。内藤の住まいは、刈谷が住んでいる清風荘とたいしたちがいはなかった。

「いくら出世が遅れてるからって、公務員なんだからそれなりにはもらっているだろうに、なんでこんなところに住んでるんですかね」

いろいろあったんだよ。刈谷はそう答えるしかなかった。

バンはふたたび光音まで戻った。光浦は社屋の前の駐車場に車を停めて、自分は自転車で国立（くにたち）の実家まで帰る。

「ごめんねつき合わせちゃって」

降りるときにそう声をかけると、しょっちゅうあることじゃないですから、と言って笑ってくれた。

結城も帰ったらしく、光音には誰もいなかった。刈谷はシャワーを浴びて、クローゼットを開けた。撮影機材の横に押し込んであるボストンバッグから下着を取り出して着替え、光音を後にした。

アパートの自分の部屋の扉の前で、ポケットに手を入れて鍵を探っていると、扉とドア枠の隙間に二つ折りの紙が差し込まれているのが見えた。隣の部屋の同じ場所に目をやると、中の明かりが白く細い線となって、先に結城が帰宅していることを告げていた。ドアになにかメモを残したにちがいなかった。

刈谷は部屋に入ってエアコンをつけ、コートを脱ぐと、紙を広げた。

コンピュータが高度になっていったときに、人間にはなにが残るか。

それをずっと考えていた。

最先端の哲学ではなにも残らないという声が優勢だ。

——残念ながら

刈谷は紙片を畳んで机の抽斗にしまい、部屋着に着替えた。結城になにか返したかったが、メールではこの気分にそぐわない。そして、そもそもこちらの想いを言葉にするのもかなり手こずりそうだ。結城の部屋とを隔てる薄い壁を叩いて読んだことだけ知らせようか。だけど、「部屋に来い」のサインだと解釈されて、ノックされるのもややこしい。刈谷はベッドに潜り込んだ。

とりあえず、哲学的な問題は脇におこう。

栄倉からは明後日の朝は八王子署に来いと命令されている。命令を拒むために口にできる理由はない。それこそまた、「映画の見すぎ」「先走りするな」がマシンガンのように掃射されるだろう。ということは、刈谷がこのケースに関わっていられるのは明日いっぱいだ。けれど刈谷は、最後の答え合わせがしたかった。

新しいコンピュータのアイディアで、鈴村議員を焚きつけ、中国への売り込みをほぼ手中にしていた北原は、なぜ議員と決裂したのか。刈谷は大胆な推理を立てて、内藤に打ち明けた。内藤は苦笑しながらただひとこと、

「あぶないなあ」

とつぶやいたが、映画の見すぎだとは言わなかった。

朝方にスマホが鳴った。

——今日はもうこちらの署に来なくていい。

内藤の声はよどんでいた。

「そんな、行きますよ、一応けじめとして」

——いや、俺も今日は署には行かない。

「え」

——最後の答え合わせをしよう。

心の中でやったと叫びながら、

「ええ、でもどうやって」

と尋ねた。

——温存していた奥の手を使おう。

温存。二日前、捜査車両に置いてけぼりにされたことを思い出した。議員会館の名簿を調べに行くと言ってシートベルトを外した内藤は、刈谷に振り向いて言った。「これはお前をいぶってるんじゃないぞ。温存してるんだ」と。

——ただ、リスクもあるので、覚悟をしてもらわないといけない。

「どういう意味ですか」

内藤は戦略を開陳した。

「面白い、ぜひやりましょう」

と刈谷は声を弾ませた。

——ノリがよすぎるよ。下手するとふたりともクビだぞ。

いいじゃないですか、と言いそうになるのを踏みとどまって、

「私を信用してください」

と言ったら、内藤は「まあ、するしかないんだよな」と笑った。

——とりあえず準備して、九時になったら先方に連絡してくれ。

「わかりました」

刈谷はベッドから跳ね起きた。


部屋着の上に、真冬に屋外で撮影するときに着る分厚いダウンコートを羽織って光音まで走り、一階のクローゼットのドアを開けた。

防虫剤の匂いが鼻孔を刺激する。クローゼットには、これまでの撮影で使った、またはこれから使うかもしれない衣装が保管してある。自主映画や超低予算の撮影隊には衣装スタッフがいないこともあり、光音製作の作品では刈谷も自前の衣裳で撮影に臨んできた。人から

譲ってもらったり、古着屋などで、これは使えると思ったものを発見したときには、財布と相談しながら購入する癖がついた。そうこうしているうちに、高価なものはないけれど、それなりに量は増えていた。

九時きっかりに電話をかけた。午後一番のアポイントが取れた。刈谷がそれを内藤に知らせた時、彼はすでに現場近くまで移動していた。

――じゃあすぐに来てもらおうか。

「いや、すこしここで練習させてください」

――練習？　ああそうか、了解。

と言って内藤はふふふと笑った。冗談を言ったつもりのなかった刈谷はちょっと心外だった。

――じゃあ十二時頃にこちらに着くように頼む。

赤坂見附の喫茶店に入っていくと、内藤は席に座ったまま、耳に当てていたスマホをテーブルに置いたところだった。

「署からですか」

と尋ねたが、内藤は前に座った女が刈谷だとは気づかなかったらしく、ミックスサンドを持った手を止めて、驚いたように見返した。化粧と髪と服を思いきり変えたからだろう。

「ああ、勝手なことするなと苦情を言われていたところだ。今日は自宅から直接こっちに来たからな、しょうがないや」

　と内藤はようやく言った。

「大丈夫ですか」

「ま、これ以上は左遷できないさ。ただ、かなりしつこく言われた。事件性が疑われるのなら、疑うに足る証拠を出せってさ。とにかく早く終わらせろってことだ」

「簡単に終わる仕事を引き延ばしてサボってると見られてるんですか」

　それは栄倉が刈谷に与えた忠告だった。

「まあそういう口ぶりだったが、俺みたいな下っ端の勤怠に署長直々にお達しがあるのはおかしいよな」

　変なものを引きずり出さないで蓋には石を乗せとけよ、と署長まで出てきて圧力をかけてくるなんて異常だ。刈谷はやってきた店員にコーヒーを注文した後で、

「それ、なんらかの形で言質（げんち）を取っておいたほうがいいと思います」

　と意見した。

「というのは」

「なにかあったときに――」

「なにかってなんだ」

「えっとつまり、……自殺ではないということが明確になった、あるいはその疑いが濃厚になったときのために」

「ほぼなってると思ってるよな、俺たちは」

「ええ、そうです。だから、もうすこし捜査したいと申し出たにもかかわらず、上が一方的に打ち切りを宣言したって事実は記録しておいたほうがいいと思います。昨夜(ゆうべ)、栄倉さんから電話があったでしょう」

「ああ」

「あれは、今日までにケリをつけて明日は八王子に出ろって連絡でした」

「横で聴いていて、そんなところだろうとは思ったよ」

「なので、はっきり命令という形にしてもらいました」

「それも横で聴いてた。そのときはよせばいいのにと思ったけどな。で、栄倉から命令のメールはもらったのか」

「はい、今朝届いていました。内藤さんもぜひそうしてください」

「……かもしれないな」

「退くべきときが来たら退きましょう。だけど、安全に退けるように手は打っておきましょうよ」

「わかった。じゃあ俺もそうするか。ただ、上ってのは責任逃れだけはうまいからなあ。あれにはかなわないや」

　ふたりは笑った。

　それから内藤は改めて刈谷のコスチュームと髪と化粧を鑑賞して、

「ふうん、そういう路線でいくのか」

　とつぶやいた。

　昨日までの、ほぼノーメイクで髪を後ろに縛り、オリーブグリーンのダウンコートに布地のトートバッグ、それにスニーカーという刑事課女警ファッションは、ファンデーションを厚めに塗り、髪をきれいに梳かして肩にかけ、濃いめのルージュを引いて、ステンカラーのウールのコートとタイトスカート、そしてパンプスというフォーマルコーディネートに様変わりしていた。

「内藤さんは今日はその恰好ですか」

「俺は居残りだからこれでいいんだよ」

「じゃなくて、スーツなんか着ないで、冬山登山に出かけるつもりで、しっかり防寒対策したほうがいいですよ。途中で自宅に寄って着替えてきてください」

内藤は不思議そうな顔をした。

「そっちこそ、その恰好じゃ高尾山だってヤバいぞ」

「もちろん私もあとで着替えます。すみませんが、これ預かっていてくれますか」

刈谷は、ブランド物のショルダーバッグのほかに、アウトドア専門メーカーの大きなスポーツバッグも提げてきていた。

「これも女優さんの衣装かい」

バッグを刈谷から受け取って自分の席の隣に置いた内藤が尋ねた。

「いえ、そっちは監督用です」

コーヒーが運ばれてきた。刈谷はひと口飲んで、

「さ、気合い入れてこ」

とひとり言のように言った。

「それにしても、離党したとは言え、鈴村はまだ現職の衆院議員だろ。朝に連絡とって、よく午後一で会うと言ってくれたな」

「なに言ってるんですか。元はといえば内藤さんのアイディアですよ」

「まあそうだが」

「明日の夜には日本を発つのでその前にできればお会いしたいんですがと申し込むと、午後一で来てくれるなら、と言ってもらえました」

「で、アメリカでなんの仕事をやってることにするんだ」

「ネブラスカで主婦」

「ネブラスカ。なんでそんな田舎に？」

「カリフォルニアとかニューヨークみたいな大都市だと、相手も行ったことのある可能性が高いので」

「ただ、どうしてそんなところにいるのかって訊かれたらどう説明するんだよ」

「夫が食品会社に勤めて海外勤務になったのでそれについて行って――。ネブラスカはアメリカンビーフの産地として有名なんです。これだと、子育てに手一杯で、ほとんど英語が話せないって設定も無理ないんじゃないかって言われて」

「言われてって？」

「ネブラスカ案は光浦くんかな。従姉がネブラスカに赴任する旦那さんについて行ってるそうです。日本人コミュニティの中で暮らしているので、英語が上達しないって嘆いていました。いざとなったらそう説明します。それに主婦なら名刺を出さないでもすむでしょ」

「よくそんな凝ったこと思いついたな」

「三人で考えました。もちろん捜査のためとは言ってません、ずっと日本で暮らしていた主人公が、親族の訃報を受けて、アメリカから帰国したふりをする場合、ごまかしやすい設定としてどういうものがあるかって」

「まるでシナリオミーティングだな。いや、俺はシナリオミーティングなんてものを見学したことはないんだが」

「まさしくシナリオミーティングです。実際ふたりには、新しく書くシナリオの想定として相談しました。もっとも私たち光音は三人ともシナリオがヘタクソなんですけど」

内藤は急に不安げな目つきになった。

「がんばります。せっかく温存してもらってここで出番をもらったんですから、いい芝居をしたいと思います」

「で、役名はなんだったっけ」

「高垣美貴（たかがきみき）。旧姓は北原。三十五歳です。ここは変更なしでいきます」

「刈谷はまだ二十代だろ」

「このぐらいの年齢差ならやらなきゃいけません」

あえて、「女優なら」という一言はつけ加えなかった。

議員会館の一階で、「高垣美貴　主婦　陳情　訪問先：鈴村凜」と書いてボールペンを置いた刈谷は「よし、ぶっつけ本番だ」と自分に言い聞かせた。エレベーターに乗って、七階で降り、長い廊下を歩きながら、視線を上げ背筋を伸ばし歩幅を小さく修正して、「カメラよし、ライトよし、録音よし」とつぶやいた。目的の部屋のドアの前に立つと、小声で、こんどは嚙みしめるように、はっきり言った。

「アクション！」

そして、ノックした。

刈谷はソファーにかけて待っていた。事務所の奥にあるこの部屋には、鈴村のものらしき大きな机があり、その近くの壁には国会で質問するときに使うようなパネルが立てかけてあった。見ると、日本の人口減とＧＤＰの成長鈍化がシンクロするグラフだった。

本棚に並んだ英語の背表紙が刈谷を緊張させた。話せないで通すつもりだったが、二年も住んでいるのにいくらなんでもと怪しまれやしないだろうか。

十五分ほど待たされた。

突然、扉が開き、鈴村凜が現れた。心做（こころな）しか表情が硬い。刈谷は立ち上がって深々と頭を下げた。最初に発する台詞はなにか。三人で議論したが、結局これになった。

「いろいろと兄がお世話になりました」

鈴村は硬い表情の上に薄い笑みを浮かべ、ソファーを手で示して、どうぞと言った。失礼します、というひと言を忘れないように注意しながら、刈谷は膝頭を合わせ足を斜めに揃えて座った。

「アメリカにおられるって聞いてましたが」

「兄からですか」

「いや、秘書の千葉から」

「ああ、そうなんです」

「どちらですか」

「ネブラスカです」

「なら結構時間がかかりますね」

「え」

「直行便がないので」

「ええ、乗り継ぎはLAの一回だけですんだので助かりましたが。それでも一日つぶれました」

「ですよね。どちらの航空会社で？」

「アメリカンエアラインです。本当は機内食はＪＡＬかＡＮＡのほうがいいんですけどね。つまんない話ですけど、ずっと座って食べてるだけなので」

と言って薄く笑ったが、相手はこれに応じてくれなかった。また、アメリカンエアラインがオマハの空港からＬＡの乗り継ぎで成田までの便を出しているのか、この場で調べられないことを祈った。

「今回の帰国は？」

「兄がああいうことになりまして、実家の寺のほうにも墓のことやなんやかやで」

あいまいに言って相手の出方を待った。

「北原さんはいまどのような状況ですか」

「どのような状況とは」

「いえ、葬儀の予定などは」

「ああ、警察に問い合わせたところでは、まだ少し確認しなければならないことが残っているそうです」

「確認しなければならないことというのは」

「それはまだ教えられないと言われましたが、ただやはり自殺みたいですね」

鈴村はややあってから、

「そうですか、残念です」

と言った。刈谷はうなずいて、

「先生にはよくしていただいたのに、申し訳ありません」

とまた頭を下げた。そして、頭を垂れたまま、相手の心中を想像した。

北原が妹になにをどこまで話したのか、鈴村はまずそれを摑みたいはずだ。だけどよけいな情報は与えたくない。一方、妹に扮している刈谷のほうはもちろん北原からなにも聞いてやしない。内藤とふたりでひねり出した推理があるだけだ。この実状を相手に悟(さと)られないようにしつつ、自分たちの推理が正しいかどうかを確認して答え合わせをする、しかも北原の妹を演じながら。

ノックの音がした。女性が入ってきて、向き合うソファーの間に置かれたテーブルに、茶碗をふたつ載せて出ていった。

「どうぞ」

鈴村は自分の前のを取って、刈谷にも勧めた。刈谷はひとくち飲んで、さてどういう指し手でいこうかと考え、隅に置いてあるパネルを見て、

「鈴村先生はいろいろ誤解されていると兄は言っておりました」

と言った。鈴村は黙っている。

「先生は、非常に損な役回りを引き受けられていると」

ようやく薄く笑った。

「本来はとてもやさしい人だとも」

ここまで言っていいのかわからなかったが、離党を余儀なくされた鈴村の心情を考えれば、これは効く、と当て込んだ。

「先生にはずいぶん感謝していたようです」

こう言えば、兄は「再生産性がない」発言への抗議に来ていたわけではないことを妹は承知しているという前提ができる、と刈谷は思った。やはり鈴村は、

「どういうふうに」

とほんのすこし前のめりになった。

さて、ここからだ。北原と鈴村のペアはなにを企んだのか？

「兄は、口下手なところがあって」

と言ったとたんに、北原は口上手だったかもしれないな、とも考えた。けれど、鈴村は黙っている。

「自分を理解してもらうのにうまく言葉を使えないところがありました。もうすこし丁寧に説明すればわかってもらえるんじゃないかって意見したこともあるんですが、わからないの

は相手が従来のセオリーに固執しているからだ、と兄は言って譲りませんでした。それに自分のジェンダーが世間から理解されない悩みもあって、そんな恨みつらみと自分の才能への評価がごちゃまぜになっていたんじゃないかと思うんです」

鈴村は黙って聞いている。

「ですが、兄は自分の技術やアイディアには自信を持っていたようです。たしかに幼いころから数学の成績は抜群だったし、高校生時代には、大人顔負けの腕前で、結構な額を稼いでいたんですよ。ところが、兄は大学を中退してしまい、そのあたりから世の中が自分にくだす評価に苦しむようになりました」

「あら、私には大学は優秀な成績で卒業したと話してくれましたけど」

刈谷はどきりとしつつ、わざわざ大学の卒業証書なんか見せたりしていないだろうと思い、そのまま押した。

「最初はそう言わないと話を聞いてもらえないのではと判断したんだと思います。兄は私によく言っていました。人は中身なんか見やしない。その人が身にまとっている記号を見るんだ、と。どこの大学を出ているだとか、博士号を持っているだとか、どんな会社に勤めているだとか、そういった上面のフィルターを通して相手の話を聞くんだって。兄みたいに大学を中退したりしていると、最初から疑ってかかるんだって」

「どうして大学は中退したの」

「それはもういろいろ、いろいろあったんだと思います」

いろいろあった。だから、兄が先生に打ち明けた話とはちがうのかもしれませんが、ある意味どちらも真実なんですよ、という含みを持たせた台詞のつもりだった。

「ただ、人間関係が悪化したようなことは言っていました。これは、兄の態度や言葉の端々から私が勝手に想像したに過ぎませんが、同級生に自分の思いを打ち明けて、拒絶され、それを周囲に触れ回られたりしたのではないかと思うんです」

鈴村はなにも言わなかった。仮説としては受け取ってもらえたなと判断して、刈谷は先に進んだ。

「ただ、先生は自分の話を真摯に聴いてくれた、と兄は感謝していました。最初は半信半疑だったかもしれないけれど、きちんと説明してそれを理解すると、親身になって相談に乗ってくれたと」

鈴村がほんのかすかにうなずいた、ように刈谷は感じた。

「また先生は、ああいう発言で世間を騒がせたにもかかわらず、性的マイノリティである自分の意見に、偏見なく、いいものはいいと判断してくれた。たぶん、例の発言は先生の本心から出たものではなく、そうせざるを得ない事情があったのだろう、と言っていました」

鈴村は湯飲み茶碗を置くと口を開いた。

「でも、それは私と会って話してはじめてそう思ったんですよね、お兄さんは。そもそも、ああいう発言をしたにもかかわらず、どうして私に会おうと思ったのか、なにかお聞きになられてますか」

きた、と刈谷は思った。この質問の答えはすでに北原から聞いているはずだから、これは北原が妹になにをどこまで話したのかを探るための質問だ。刈谷はここですこし驚いたような表情を作って、

「え、それは先生の政治的手腕に頼りたいと思ったからでしょう」

とあえてぼんやりした返事をするにとどめた。

「ただ、ほかの先生のところではなく、問題発言をした私のところにわざわざ来たのはなぜでしょう」

「お聞きにならなかったんですか」

鈴村はあいまいな笑いを浮かべて答えなかった。

「兄は言っていましたよ。先生の時代が来る、と」

こんどは声を上げて笑った。

「中国が世界の覇者になることが確実なように、先生のような政治家がこれから日本の中枢

を担っていくのは確実だと」

鈴村の笑い声が止んだ。

「私ははっきり聞いていないのですが、先生の話が出るとよく中国のことを話していたので、中国に関係があるのかなとは思っていました」

「私と中国の話はどんなふうに一緒になっていたのですか」

刈谷は、そんなことどうして聞きたいのでしょう、という表情を浮かべながら、

「半導体の生産拠点は中国に集中していて、コンピュータ関連の技術では、中国のそれはアメリカに勝るとも劣らない、と教えてくれるときとか、二世議員は英語もできないのが多いのに、先生は中国語までできるから立派だなんて感心してるときや、面白かったのは、私が地元のマラソン大会に出たって話したら、追う側のほうが、追われる側より有利だろって言って、これからはアメリカを追う中国と鈴村先生の時代だなんてことも言ってました」

と答えたが返事はなかった。この沈黙を命中と捉えた刈谷はもう一歩踏み出した。

「自分と中国が手を組めばもっと大きなことができるなんてことも言っていたので、そのことで相談に上がっていたのではないか、と。私にはこのくらいしか想像できなかったんですが、ちがいますか？」

話を聞いていた鈴村が口元に当てていた湯飲み茶碗をそっと茶托に戻した時、刈谷はよし

と思って、また前に出た。

「それがあんなご無礼をしてしまって」

鈴村が視線を上げてこちらを見る。

「先生にもご迷惑をおかけしたのではないかと」

「あ、あんなご無礼とは？」

刈谷は驚きの色を目元と頬のあたりに浮かべ、それを上手に羞恥に変えて、

「いやもう本当にね、兄が身勝手なことをいたしまして」

と言って頭を下げた。無礼。身勝手。それが檜原村で首を吊ったことなのか、それとも鈴村と決裂したことなのかがはっきりしないのは、刈谷の意図したところだ。さて、鈴村はどちらに取るだろう、と構えていると、

「そのあたり、肉親としてはどう思われますか」

逆に曖昧なまま問い返された。

「細かいところまではわかりません。ただ、先生に希望を与えていただいたさなかに、ああいう決断をしたのですから、やはり、うまくいかないと考えたのでしょうね」

「なにがうまくいかないと？」

それが訊きたいのだと苛立ちつつ、刈谷はこう言った。

「このままでは自分は幸せになれないと絶望したのでしょう。それは先生に非があるというより、兄の性格だと思います」

鈴村が黙っているので、刈谷は続けた。

「兄は、ささいなことに思い悩みがちでした。私から見れば取るに足らないようなことにこだわり、ふさぎの虫に取り憑かれるきらいがありました」

これも、どうとでもとれる言い回しだ。鈴村との計画に彼が承服できない点が出現したのか、このプロジェクトとは関係なく、自分と実社会との齟齬で精神のバランスを崩して命を絶ったのか、刈谷はそこを明確にしない言い回しを続けた。そして、北原について語りながら同時に、結城のことを思い浮かべている自分を発見して驚いた。

「たしかに」

ぽつりと鈴村が言った。取るに足らないことに北原は拘泥した、と鈴村が明言したに等しかった。それはなんだ。はやる気持ちを抑えて、刈谷は別の話題を持ち出した。

「でもどうして檜原村なんかで」

「さあ。私に訊かれても」

鈴村の反応はにべもなかった。

「それはそうですね。まったく私ったら、変なこと言ってしまって」

自分を非論理的な人物に仕立て上げて誤魔化していると、刈谷の頭の中にひとつの推理がひらめいた。しかし、それを披露するのは危険だとも思った。けれど、鈴村の反応を確かめたい刈谷は思い切って口を切った。

「ただ、兄が檜原村で遊んだなんてことは聞いたことはなかったし、あの周辺に住んだこともなかったのにって思いました。それで、あそこを死に処に選んだのは、兄なりの意地があったんじゃないかって」

「意地？　それはどんな」

鈴村は食いついた。

「兄が自殺した檜原村の中山の滝はアメリカ淵って呼ばれていますよね」

「そうなんですか」

「ええ、米軍基地が近いので、夏場は軍関係者がよく遊びに来るらしいんです。それでついた俗称なんですけど、アメリカ淵の淵ってのに事寄せたのでは」

「淵……ですか」

「はい。で、淵ってなんだって思い、調べてみました。淵っていうのは水が深くなっているところだそうです。中山の滝は高さが一メートルほどしかないんですが、滝壺に当たるところは深くなっていて、米兵がそこに飛び込んでよく遊んでいたので淵にアメリカがついてこの名前になったそうなんですが……」

それになんの問題が？　鈴村の表情はそう問い返していた。

「だけど、辞書を引くと別の意味も載っていました。容易に抜け出せない苦しい境遇のこともまた淵なんだそうです。言ってみれば苦境ですね。『絶望の淵に突き落とされる』なんてのはこの淵です」

鈴村は静かに、「それで」と言った。

刈谷は少し声を落として、

「……兄はアメリカに対する恨みを込めてあそこを選んだのかなって。もうちょっと言うと、自分はアメリカに殺されたんだというメッセージをそこに込めたんじゃないかと」

鈴村は笑った。

しかしその笑いは歪んでいた。これを見た刈谷は血の気が引いた。

昨夜、結城は冗談交じりに「ＣＩＡは激怒する」と言った。

自分も内藤に「アメリカ映画で物騒なことをやるのは大抵ＣＩＡ」と教えた。

まさか、内藤が言った「後ろ」（いや「後ろの後ろ」だろうが）とは……。

「もちろん私の妄想です」

慌てて刈谷はつけ足した。

「ただ、中国と手を組んで事を起こそうとすれば、アメリカは黙っていないだろう、と私は心配していました。アメリカの保守的な州で暮らしている私は、国内の中国に対する嫌悪が日に日に高まりつつあるのを感じます。夫も繁華街で中国人と間違われて殴られそうになったことがありました。なんらかの拍子に動きが漏れて、激怒したアメリカが日本に圧力をかけるのではと、心配性の兄は思い悩んでいたのかもしれません」

言い終えると、すみません私ったら、と恥ずかしそうに茶碗を取って残りを飲み干した。

鈴村は首を振った。話が突拍子もなさすぎてコメントできないとも、あるいは、いや妄想とは言えない、というジェスチャーとも受け取れたが、

「それはちがう」

とはっきり言った。刈谷は、

「すいません。なにも知らないのに勝手なことを」

とけなげなところを見せてから、

「ちがうと仰るのはどの部分でしょうか」

と探るように尋ねた。

「北原さんが自分から降りたんです」

「兄が……。どうしてでしょう」

「教えてもらえませんでした。この案件は進められない、降りると一方的に言われたんです」

驚きのあまり二の句が継げないという表情を作りつつ、中国に北原の〝お宝〟を売り込もうとしていたことを鈴村は認めたも同然だ、と思った。

「お兄さんとコンタクトを取っておられたなら、思い当たるところを教えてもらいたいくらいです」

鈴村にそう言われ、それはとんだご迷惑をと頭を下げながら、その姿勢のまま、刈谷は瞬時に作戦を組み立てた。

「そちらに関しては私はなにも。ただ、怖くなったからだと思うのですが」

「なにを？」

「兄の身辺にアメリカの刺客が現れたのではないかと……」

鈴村は呆れたようなため息をついた。

「ごめんなさい。考えてみれば、アメリカが怖くなって、プロジェクトから降りたのなら自殺する必要はありませんよね。だからイマイチよくわからないんですが、ただ、いったん怖くなるといろいろ妄想して神経がやられてしまうことはあり得たのではと」

と取り繕ってから、刈谷ははっとした表情を作った。

「いや、もしかして兄は自殺ではなく――」

そう言ってから絶句し、こんどは自嘲気味に笑った。

「いやだ私ったら。すいません、悪い癖なんです、映画みたいなことばかり考えて。兄からも、お前は先走りするってよく言われてました」

鈴村はただ黙っていた。おかしな妹のおかしな妄想がおかしなことに核心を突いているこ とにただただ放心し、この表情を見た刈谷が、自分の推理の的中を確信し興奮していること には気づいていないようだった。

「帰国は明日でしたね」

鈴村が話頭を転じた。そろそろこの辺でという合図だと受け取った刈谷は、いよいよ奥の 手を出すタイミングだと覚悟をきめた。「明日です」とまず言った。

「もし自分が死んだら処分して欲しいと兄から言われているものがありますので、明朝にそ れを取りに行って夜の便で帰ります」

急に鋭い視線が頬に刺さるのを感じた。

「処分して欲しいと言われているものって?」

「さあ、わかりません。死んだらなんて物騒なこと言わないでよって怒ってしまって、訊く のを忘れました。燃やせるものならば、警察に預けてお棺の中に一緒に入れてもらおうと思っているのですが」

鈴村の顔がこわばる。北原がこのプロジェクトから降りると同時に撤収した〝お宝〟だとしたら、たまったものじゃないだろう。よし、はっきり〝お宝〟だと思わせてやろう。

「ただ、兄はこれはダイクなんだって言って笑ってました」

「ダイク？」

「ええ、私も訳がわからなかったので、だからなによって訊いたら、バカだなお前は、ベートーヴェンの最高傑作を知らないのかって言われて、ああ第九（ダイク）ね。交響曲第九番〝合唱〟なんだってわかりました。最高傑作で遺作。ベートーヴェンも評価されるまでにはずいぶん時間がかかったみたいですが、ベートーヴェンの偉大さに兄はあやかりたかったのでしょう」

　これが鈴村を刺激しないはずがない。

「その遺品はどちらに保管されているのですか」

「そんな、遺品というほどのものではないと思いますよ。ネットオークションに出したらすこしはお金になるようなものなの、と私が訊いたら、それは期待しないでくれだって」

　と冗談めかして笑ったけれど、鈴村は真顔だった。

「で、それはどちらに」

「ええ、ですからそれを話そうと思っていたのです」

「え、どういうことでしょうか」

「連絡が来ました。一週間前です」

刈谷は北原が首を吊った日、そして鈴村の八王子事務所が襲われた日付を言った。

「埋めるからと。面倒だけど掘り起こしてくれと」

「どこに」

「ですからアメリカ淵に」

「え」

「自分の遺品として扱って欲しいものを、死に場所として選んだアメリカ淵に埋めるなんて、兄は、アメリカに恨みと恐怖を抱いていたんじゃないかって勘ぐったわけです」

なんだか訳のわからない理屈だなと我ながら思ったが、鈴村はもうことの子細を検証する余裕はなくなっているのだろう、

「それで」

と鋭い語気で急いたように先を促した。

鈴村にとっては、北原が死のうが生きようがどうでもよく、とにかく〝お宝〟さえ手に入れられれば、独力でベートーヴェン計画を遂行できると思っている、刈谷はそう判断した。

「それでって、その先は特にありません。いやだ私、なにも知らないのに思いつきで、アメ

リカのプレッシャーだの、兄の最高傑作だのなんて、幼稚なことを口走って」

すっとぼけて頭を下げると、鈴村は完全にじれてきた。

「そんなことはどうでもいいんです」

「でも先生に失礼を……」

「アメリカ淵のどこにあるかは聞いてないんですか。それだけの情報でどこに埋めてあるのかわかるんですか」

「もちろん、檜原村なんて行ったことがないのでわかりません」

「ならどこを掘り返すおつもりです」

鈴村の口調は、できの悪い生徒を叱りつける教師みたいになっている。

「地図があるんです。いや地図だけではなくて、いろいろと細かい指示がついた。でも先生、どうしてそれが気になるんですか」

無垢な表情を作って口にした素朴な問いに、鈴村は虚を突かれたように表情を硬くした。

「別に」

「そうですか、ではよろしいですか」

「よろしいですかって、なにを？」

「兄のダイクが気にかかっておられるのなら、兄が埋めた場所は後ほどお伝えすることもできるんですが。ただ、いろいろとご迷惑をおかけしたのでこれ以上先生を煩わせる――」

話の途中で鈴村は立ち上がり、自分の机に座って名刺を一枚取り出すと、そこにボールペンで走り書きをした。

「こちらにお願いします。私の携帯電話です」

「了解しました」

「ちなみにこのことは警察に連絡してますか」

刈谷はすこしバツの悪そうな表情を作った。

「言ってないんです。なにせ兄があああいうふうになった場所なので、掘り返しますなんて話すといろいろと言われそうで」

「言われるでしょう」

「ただ、私としてはここで止められると、そのためにまた日本に来るのも大変だし、力仕事に慣れていない兄のことだから、深く埋めたとも思えません。雨が降って地表に出てきて流されてしまうんじゃないかって心配なんです」

「だから警察には言ってないわけね。黙ってやるわけね」

詰問するように鈴村が言ったので、刈谷は怯えたような表情を作った。

「言わないでいてくれますか。というか、聞かなかったことにしていただけないでしょうか」

「わかりました。警察には言いません」

けれどどこかには言うんですよね、とはツッコまなかったし、でも先生、場所なんか聞いてどうするんです、とも尋ねなかった。鈴村が自分の言動を吟味する冷静さを失っていることは、刈谷にとって好都合だったからだ。

それではと言って立ち上がろうとしたら、

「掘り返すのは明日ですね」

としつこく確認されたので、刈谷は浮かせた腰をまた下ろした。

「ええ、朝早く行くつもりです。夕方には成田に向かわなければなりませんから」

「現地までの交通手段は？」

「レンタカーで、そのまま成田まで運転して空港で乗り捨てようと」

「何時のフライトですか」

「十八時三十分発ダラス経由のアメリカンエアラインです」

あらかじめ調べておいたフライトスケジュールを告げた時、鈴村はうっすら微笑んだ。

「だったらあまり余裕はないわね。掘り返してすぐに見つかればいいけれど」

「その時は諦めます」

「そうですか」

ええ、とうなずいて、刈谷が腰を浮かしかけた時、鈴村がまた言った。

「どちらにお泊まりになられているの？」

宿泊者リストを調べるつもりなのかもしれない。

「友人宅に泊めてもらっています」

「そうですか」

「同級生でそろそろ独身を見つけるのが難しくなってきたんですが」

そう言って刈谷は笑ってみせた。

「同じく」

と鈴村も笑った。

勝利が見えてきた者が浮かべる笑いだと刈谷は感じた。気が緩んでいるのが伝わった。去りぎわに刈谷はかなりきわどい質問をすることにした。

「先生の計らいで、兄はある程度まとまったお金を受け取ったと聞いています」

鈴村は小さくうなずいた。

「兄の口座を調べてもし残っていればお返しするのですが、なかった場合はお詫びするしか私にはできることがありません」

もちろん、すでに結婚していて海外にいる妹には返済義務がないことを承知の上での謝罪である。

「大丈夫ですよ」

と鈴村は笑った。

「返金していただきましたから」

刈谷は驚きの表情を作りつつ、本当に驚いていた。

「……そうですか。ほっとしました」

「使わないで取っておいたんでしょうね」

そんなはずはない。性転換の手術代とぷらちなキングの改装費にすでに使ってしまったのだから。

「ちなみに銀行からの振り込みだったのでしょうか」

「いいえ、デジタル人民元の電子マネーで返してもらいました」

鈴村はもう完全に中国との取引を認めていた。

ありがとうございます、これで少しは気が楽になりましたと礼を言って刈谷は部屋を出た。

議員会館を出ると尾行がないかをまず確認し、早足で歩きながら、刈谷はスマホを耳に当てた。

――どうだった芝居のできは？

押し殺したような内藤の声が聞こえた。

「まずまずです。いまはどちらに？」

――新宿だ。

だからか。周りが騒がしい。「十一番線に高尾行き快速電車が参ります」というアナウンスが聞こえる。

――アドバイスをもらったんで、いったん自宅に戻って着替えてくる。

「了解しました」

――バレなかったか？

「ええ、最初は警戒していましたが」

――じゃあ、計画通り進めるとするか。拝島で会おう。

赤坂見附から地下鉄で新宿に出て中央線に乗った。本数の少ない拝島行きが来てくれたので立川で乗り換える必要がなかった。駅舎を出て、資材置き場みたいな建物の二階にあるカフェに入り、店の隅のテーブルに座っている内藤の前に腰かけた。

厚手のフリースにトレッキングパンツ姿の内藤は、隣の空いた席に刈谷のスポーツバッグを置き、その上に自分の防寒コートを載せて、一品料理にかがみ込んでいた。

「またカレーですか」

「まあな。そっちは食べたのか?」

「そういえばまだでした」

内藤は黙ってメニューを出した。軽食はサンドウィッチとカレーの二択だ。

「じゃあサンドウィッチにしようかな」

「カレーにしとけ」

スプーンを動かしながら内藤が言い、

「パンがパサパサだった。その点、このカレーはレトルトだから安心だよ」

と説明した後で通りかかった店員にコーヒーを注文したので、ついでに刈谷もカレーとコーヒーを頼んだら、内藤が店員に、

「彼女のコーヒーは食事が終わってからにしてやってくださいな」

とひとこと添えた。そして、刈谷のカレーが運ばれてくると、自分の皿は下げてもらい、話は食べ終わってからにしようと言ってコーヒーカップを持ち上げた。仏頂面をしているが、こういう気配りはできるらしい。

コーヒーが運ばれてきてから刈谷は、鈴村議員とのやりとりをなるべく丁寧に再現しつつ、自分たちが描いた画はかなりの精度で現実を写し取っていたことを報告した。

① 北原が議員会館に鈴村議員を訪れたのは、「再生産性がない」発言についての抗議ではない。北原は自分の技術を中国に売り込めないかどうかを鈴村議員に相談した。

② 鈴村が口にするレジームチェンジは、アメリカから中国への覇権の移行を意味することもほぼまちがいない。

③ 北原は鈴村議員に自分のアイディアを話した。鈴村議員はそれを理解し、中国はこれに高い関心を示すだろうと予期して、自分のルートで打診した。

④ 中国は乗り気になった。そして、いくばくかの金を手付金として支払った。金主は中国だ。

⑤ しかし、北原は突然このプロジェクトから一方的に降りた。

以上のことが、鈴村との面会で、ほぼまちがいのないレベルで確認できた。また、中国側に投げたアイディアが、北原が考案した新世代コンピュータであることも確実だ。

さらに、付随してわかったことがある。

　おそらく鈴村は、ゆうべ刈谷と内藤が結城の解説付きで見たあの図面のようなものは手中にしているだろう。中国が手付金を払うところまで交渉が進んでいたのだとしたら、その程度の資料は持っていてしかるべきだ。ただ、それだけでは十分ではなく、結城が言っていた「もうワンピースかツーピース」（つまり〝お宝の残り〟）はまだ手中にしていない。なので、それさえ手に入れれば、北原のことなどもうどうでもいい、と割り切っているのではないか。

〝お宝の残り〟は檜原村のアメリカ淵に埋められてあるので、兄の形見として明日の朝に掘り返しアメリカに持ち帰るのだ、と刈谷は鈴村に吹き込んだ。どうしても手に入れたい鈴村は、明朝アメリカ淵に向かう妹より先に動くはずだ。つまり鈴村が勝負に出るのは今夜。

「それで、北原が鈴村と縁切りした理由は？」

　内藤に言われ、刈谷は首を振った。

「それは鈴村もちゃんと知らされていないみたいです」

　そうか、と内藤はため息をついた。

「もしくは、聞かされてはいるが彼女にとってはとうてい理解の及ばないような理由ってことだってあるな」

「たとえば？」

「……うーん、この例が適切かどうかわからないが、俺の妹がアイドルグループの追っかけをやっていて、もちろんこれは大昔の話だよ、妹が高校生で俺が学生だった頃の話。で、コンサートに行った妹が、アイドルがその場で脱いでステージから投げたTシャツをキャッチして家に持ち帰ったことがあったんだ」

「へえ、それはラッキーでしたね」

「ところがあいつはそれをキッチンの椅子の背もたれにかけっぱなしにしてたんで、俺が床にコーラをこぼしたときにそいつで拭いちゃったんだよな。そしたら怒りやがってね」

「それは怒りますよ」

刈谷は語気荒く言った。

「まあたしかに俺も悪いんだけどさ。ただ、ゲットした時点でそのTシャツは汗まみれなんだぜ。それ着てステージで飛んだり跳ねたりしてたんだから。そのまま放置してたらカビが生えるから洗うしかないじゃないか。その前にこぼれたコーラ拭いたってバチは当たらないだろう」

「当たります」

「そうか、じゃあ例が悪かったってことで」

「いや、悪くもないような気がします」

「ん？　どういうことだ」

「つまり、さっき内藤さんが仰ったように、鈴村には取るに足らないようなことに北原はこだわった」

「急に『再生産性がない』発言がムカつきだしたってことは？」

「うーん、その発言をした議員だと知った上で会いに行ってるわけですから」

「ただ、ミーティングを重ねていくにつれて、鈴村の心の奥底にあるＬＧＢＴに対する偏見が透けて見えてきた、なんてことはないかな」

刈谷は考えた。短い時間の面接でそこまで相手の性根を見極めることはできなかった。刈谷はわかりませんと言って首を振った。そして、向かいの空いた席に置いたスポーツバッグを防寒コートの下から引き出して、それを提げて化粧室に入った。

スカートとブラウスを脱ぐと、バッグの中からデニムのパンツとセーターを取り出して着替え、コート二着とバッグを両手に席に戻った。

「それからもうひとつ気になることが」

ウールのコートを丁寧にたたんでバッグに戻したあとで、刈谷は言った。

「手付金としてもらっていた金を北原は返金しているんだそうです」

内藤は、カップを口元に運ぶ手を止めた。

「いつ？」

「あえて訊きませんでした。私はあくまでも妹だったので。妹が返金したことにほっとしないで、日付をしつこく尋ねたら怪しまれるじゃないですか」

「まあそうだな。ただ、それはちょっと気になるぞ。北原は、病院の手術代とぷらちなキングの改装費用をすでに振り込んでいる。つまり金はもう使っているわけだ。だとしたらどうして返金できたんだろう」

「そこですね」

と言って刈谷は口をつぐみ内藤も沈黙した。いまは推論を胸にしまっておくのがいいとたがいに判断したことを刈谷は自然に汲み取って、妙に息が合っている、と不思議に思った。女の刑事は、相棒に女を選ぶことはほぼできない。事件が起これば、その都度がさつな男と折り合いをつけて捜査に当たることになる。早く事件をかたづけ、さっさとコンビを解散したいと思うことはたびたびあった。

中でも内藤は最悪ランクだった。ところがいまは、また一緒に組めればと思わないでもない。もっとも、このコンビは今日までだ。明日になれば、刈谷は八王子署に戻ることになる。内藤はどうするんだろう。あの、ほとんど事件らしい事件が起こらない田舎の署で、停年を待ちながら朽ちていくんだろうか。

「そろそろ行こう」

時計を見ながら内藤が言った。

「五日市線は本数が少ないからな」

ふたりがあきる野署に戻った時には、短い冬の日はもう暮れかけていた。刑事部屋に入っていくと、ローラー作戦から解放されてこちらに戻ってきた刑事たちで賑わい、初日のがらんとした印象とはまるでちがっていた。

みながこちらを見た。ただ、誰もなにも言わなかった。二日前のような、冷やかしや嫌みやからかいさえなかった。一同が、ヤバいところに足を突っ込んでいるふたりを遠巻きに見ている気がした。そして、そのまなざしには好奇が宿っていた。内藤はなにくわぬ顔で立入禁止の黄色いテープと捜査車両の鍵を持って、刑事部屋をあとにしようとした。

そこに課長が戻ってきて、

「おい内藤」

と呼んで、ホワイトボードの自分の名前の横に〝第一会議室〟のプレートをくっつけると、行くぞと手招きした。内藤はため息をついて、鍵と黄色いテープを刈谷に渡し、車の中で待つように言った。一緒に説教を聞かないですむのはありがたかったが、課長がなにを言うのかは気になった。

小一時間ほど捜査車両の中で刈谷を待たせてから、ようやく内藤はあきる野署の玄関口から出てきた。助手席のドアを閉めるなり、

「出してくれ」

とだけ言って、一刻も早くこの場から離れたい様子だった。

「なにを言われたんですか」

「脇が甘いな、課長も」

内藤は苦笑いしながらスマホを取り出した。

「とにかく死亡報告書を出せと言ってきたので、調査中だという中間報告ならすぐに出しますと言ったら、それじゃ駄目だとさ」

「じゃあどういうものならいいんですか」

「自殺。あくまでも自殺で処理しろってことだ」

「そう言ったんですか」

「ああ、単刀直入に訊いたら、つまりはそういうことだと言いやがった」

内藤がスマホを操作して、スピーカーから声が聞こえた。

——だけど、あとで自殺じゃないとわかったらどうするんです。

内藤の声だ。

〈そんなことになるはずないだろう〉

　ということはこちらは課長だ。

――検視報告書もちょっと気になるんですよねえ。

〈どこがだ〉

――吉川線らしいものがあるって書かれていたんですよ。

〈それはちがうってことになっただろ〉

――おや、どうして知ってるんです。

〈お前がグズグズしてるから、いったいなにがあるんだと思って調べてこいかと思ったんだ。だけど、吉川線かどうかがビミョーなものはめずらしくないんだぞ〉

　三日前に内藤が刈谷に言ったことをこんどは当人が課長から言われていた。

――そんなもん、なんとでもなるってことですか。

〈馬鹿、人聞きの悪いこと言うな〉

――でもそういうことでしょ。だったらお願いしますよ。

〈お前なあ、いくらなんでも自殺で報告書を上げろって命令なんか残せるもんか。ちょっとは考えろ〉

――だけど、なんかあったら俺のせいにされるじゃないですか。俺もこれ以上は左遷《とば》されたくないんですよ。あと残されてるのは離島の駐在所くらいのものなので。これ以上ののんびりしたところに回されたら、ボケちゃいますから。

〈お前が左遷されたのは、いまみたいに意地を張ったからだ。とにかく、あまり引っ搔き回さないでくれと上から言われてるんだよ〉

──あらら。それ、引っ搔き回すとなにか出てくるってことなんですか。

〈そういう揚げ足ばっかり取ってるから、こんなところに左遷されたんだろうが〉

──永田町ですよね、グダグダ言ってきてるのは。

〈知らん〉

──変な横槍入れてきたら、こっちは逮捕権があるんだから、ぶち込んじゃえばいいんじゃないですか。あ、すみません、飯森は国会議員なので不逮捕特権ってものがありましたね。

〈わざと言ってやがるな。マジで青ヶ島の駐在所に飛ばすぞ〉

内藤が再生を止めた。さっさと自殺として処理してしまえという上からの指示の言質を取ったことを教えるために聞かせてくれたのだろうが、刈谷は内藤の左遷の理由が気になった。

「ひどいな、内藤さんは」

「なにがだ」

「知っているんじゃないですか、父のこと」

「知らないよ」

「父が殉職した事件と関わっていたんですよね」

「そうは言ってないぞ。なにを聞いてたんだ」

「私にはそう聞こえました」

「それは先走りすぎだ」

「だったら明確に否定してください」

内藤は黙った。

「父のことは知ってるんですね」

「知らないよ……ほとんどな」

「ということは、すこしは知ってる」

「……俺はな……別の事件を追ってたんだ。だからほとんど接点はなかった。というか、親父さんの動きは、俺の捜査には邪魔だったんだよ」

「別の事件ってなんですか」

「当時、親父さんが追ってたのは？」

「当時の飯森陽生(あきお)内閣総理大臣の息子、飯森茂實(しげみ)が変死した事件です。で、内藤さんが追っていたのは？」

「その馬鹿息子がしでかしたと疑われる諸々だ。レイプ、暴行、薬、殺人」

つまり、父は被害者としての、内藤は加害者としての、首相の息子の周辺を洗っていたことになる。そして、父は死に、内藤は左遷された。

「仰ってましたよね。権力者がらみの事件の捜査で、上司の許可が出なかった時は退くべきだって」

「勝ち目がないからな」

「父は退かなかったんですか」

「知らん」

「内藤さんは退いたんですか」

「退いた。適当な報告書を上げてな」

「嘘ですね」

「嘘じゃないさ。だからこうしてなんとか生きてる」

「じゃあどうして左遷されたんです」

内藤は黙った。

渓流沿いの道は真っ暗だった。ヘッドライトの輪の中に浮かび上がるのは黄色いセンターラインだけだ。車は目的地に向かって進んでいる。運命の場所に向かって運ばれようとしていることを刈谷は自覚した。退かないとつぶされる。しかし、退くのは正義に反する、というよりも癪だ。

「来てるぞ」

内藤に声をかけられ、刈谷は視線を上げた。えっもう連中が⁉　と焦ったが、それにしては人数が多い。多すぎる。大きなトラックも停まっている。あら、あれは映画撮影用の機材車じゃないか。

「すいません、現場の責任者おられますか」

捜査車両を降りた刈谷はスタッフのひとりを捕まえて言った。

「あの、ちゃんと撮影許可は自治体のほうに取ってありますけど」

バッヂを見た制作進行係は戸惑っている。撮影チームにとって警察が脅威であることは刈谷も逆の立場になったときになんどか経験している。

「そうではなくて、この下で遺体を発見したプロダクションですか」

「あっ、そうです。ブースタープロダクションです」

「撮影スタートはいつでしょう」

「明日の早朝からなんですが、できれば今晩から準備をしたいと……」

「撮影許可は今晩から取ってあるんですか」

いや、と担当者は口ごもった。

刈谷は〝立入禁止〟と黒く書かれた黄色いテープを見せた。

「捜査の都合上、これから一晩、現場を封鎖します」

「ええええっ、まいったなあ」

ダウンコートを着た中年男がなんだなんだとガニ股でやってきた。

「あれ、刈谷じゃないか」

「これ、里中さんが撮監なんですか」

刈谷も男に尋ねる。

「ああ、そうだよ。で、どうした？」

刈谷が同内容を撮影監督に伝えると、担当者は、ばか、今日の夕方から許可取っとけよ、と丸めた台本で頭をポカンと叩かれた。しかしそうされても彼は、刈谷と里中がどんな関係かまではわからなかっただろう。また、刈谷も、京都の映画祭に出品した時の審査員が里中で、その時に結城の撮影を褒め、それをきっかけに、機材会社を紹介してもらうような間柄になったことは、説明するタイミングを失っていた。ただ、相手がいかに日本映画界の大御所であろうと、この時は、刈谷のほうが立場が強かった。

「そりゃキビシイぞ、後日ってことになると――」

「葉っぱはみんな落ちちゃってますよね」

撮影監督の心中を察してそう言った。

「わかってるじゃないか。この時期になって紅葉が残ってるなんてのはめったにあるもんじゃない。このチャンスはものにしたいんだよな」

「じゃあ、すこしばかり協力していただけませんか」

刈谷は閃いたアイディアを里中に伝えた。里中は、めんどくさそうな顔をしていたが、撮影助手らしき若い男を呼び寄せて、持ってきているレンズと照明機材を確認した上で、

「じゃあ、古屋、お前ちょっと頼まれろ」

と言って、この撮影助手を刈谷に紹介した。小さな映画では自身が撮監も務める古屋は刈谷のことを知っていて、結城とも交友があると言った。わかりましたと承知して、古屋は、近くを通った照明部のスタッフを呼び止め、一緒に滝壺に下りていった。

「本当に刑事になったんだな」

そうつぶやいた里中は不思議なものを見るような目つきで刈谷を見た。

「いや、職業が刑事なだけで、私が刑事になったわけではありません」

「面白いこと言うな」

「これからも映画を撮るつもりなので、その時はよろしくお願いします」

「よろしくお願いしますったって、カメラは結城君が回すんだろ」

「いえ、また映画祭に出した時に、こんどはもっと褒めてください」

「褒めたじゃないか、俺は。ボロクソ言ったのは評論家の松山さんだよ」

「だけど、褒めてくださったのは、結城君のカメラのことばかりで、私の芝居とか作品全体には触れてもらえなかったので」

　里中は苦笑して、俺はカメラマンだからそういうコメントになるのはしょうがないんだ、と言い訳した。

　そうですよねと了解してから刑事の顔つきに戻して、ここはなるべく目立たないようにしたいので、機材車をすこし上流にある土産物屋さんの駐車場に移動してくださいと注文し、捜査車両に戻った。内藤は運転席に移動していた。

「本当に女優だったんだな」

　助手席に乗り込むと、里中とは対照的な台詞を言われた。撮影隊とのやりとりをフロントガラス越しに見ていたのだろう。

「だったじゃなくて、いまもそうですよ。監督兼女優です」

「おみそれしました」

「オードリー・ヘップバーンみたいじゃなくてお気の毒ですけど」

「そう贅沢は言えないや」

内藤は前と同じ台詞をくり返し、手にしていた一枚の紙片をサンバイザーに挟んだ。

「なに見てたんですか」

返事を待たずに刈谷は抜き取ってそれを見た。

「これ、なにか気になるんですか」

北原が着ていた赤いワンピースの写真だった。いや、と少し口ごもりながら内藤は、

「そのデザイナー中国人だって言ってたよな」

「ヴィヴィアン・タムは確か香港出身だったと思います。それで……」

「いや、なんか中国絡みだなあって思ってさ」

それだけ言うと、内藤はキーを回して車を出した。


さらに上流に移動し、近くの民宿で電話を貸してくれと頼んだ。鈴村の名刺を取り出して、もらった携帯の電話番号ではなく、あえて議員会館のほうにかけた。秘書が出た。刈谷は手短に用件を伝えた。議員のスマホの番号が通じなかったのでこちらにかけている。夜明けとともに行動に移すので、今夜は檜原村の民宿に宿泊します。兄から教えられた場所を言うの

で書き取って欲しい。その後で、北原が首を吊った欅の木の場所を教えた。それだけを伝え、すぐに切った。

渓流沿いに立つ欅の木の根元付近は〝立入禁止〟の黄色いテープで囲まれてある。

そこからすこし離れた岩場の陰で、プロダクションから借りたパイプ椅子に腰かけ、冬用のアウトドアウェアに身を包んだ刈谷と内藤のふたりは、撮影隊からわけてもらったコーヒーを紙コップからすすっていた。

頭からフードをかぶった刈谷が時計を見た。十時過ぎだ。あくる朝、妹が回収にくる前に〝お宝の残り〟をかっさらいたい鈴村にとってはもうじゅうぶん遅い時刻だった。

いま聞こえるのは滝壺に落ちていく轟々たる水音だけだ。日頃親しんでいる、水源林から滴り落ちて用水路を流れるちろちろしたものとはまるでちがう。静寂の中でとどろき渡る水音は心地よいが、ずっと聞いていると酔ったような心持ちになる。

暇と沈黙に耐えかねたように内藤が口を切った。

「入庁したのは親父さんが亡くなった後だよな」

そして、答えを待たずに後をつけた。

「親父さんはどう思ってるかね、娘の職業選択を」

手持ち無沙汰を紛らわすための質問だったのかもしれないが、水音のようには聞き流せなかった。刈谷は、

「よろこんでいると思います」

とはっきり言った。

内藤は紙コップをもういちど口に近づけ、ひとくちすすって、そうかと言った。

「けれど、娘が映画作りも諦めてないって知ったら驚くだろうな」

「たぶんそれも。私の映画好きは父譲りなんです」

また聞こえるのは滝の音だけになった。内藤が父についてなにかを語ろうとして迷っているのがわかった。なにをどこまで話そうか。どのように語るのが適切か、そもそも語るべきなのかどうなのか。刈谷は猛烈に聞きたくなっていたが、ここは促すよりも黙っていたほうがいいと思い、コーヒーを飲んだ。

「親父さんとね」

ついに内藤が口を開いた。

「いちど揉めたことがあったよ」

焦れったい気持ちを抑え、へえ、とだけ言った。

「俺はね、飯森の息子周辺を洗っていた。飯森は首相と言ってもいわばつなぎで、俺に言わ

せれば、頭のできも政治手腕もたいしたことはない。確たる政治信条があるわけでもなく、成り行きに任せてこちらが得だと思えばこちら、風向きが変わったと察したら、すぐ手のひらを返す、いやそれだけならまだしも、ときには最初から両天秤にかけたりもする卑怯なやつだよ。ただ、目先の情勢を読むのと、党内の調整だけは上手でね。そういえば、鈴村に離党を促したのも飯森だったよな。『再生産性がない』発言で槍玉に上がったときは庇（かば）っていたけど、潮目を読んでこれはまずいと切り捨てたんだろう。いや、庇いながらもいつでも切り捨てるつもりだったと俺は思うね。一方、息子の茂實（しげみ）は親父に輪をかけてポンコツで、困ったことに謙虚さもなく、親の威光を笠に着て、ずいぶん乱暴なことをしていた。俺みたいなキャリアでもなんでもない刑事には歯牙（しが）にもかけない態度が露骨で、取り調べの最中に机の上に足を乗せて椅子の上でふんぞり返り、逆に脅すような文句を投げつけてきたよ」

「事件って具体的にはどんなものだったんですか」

「レイプの末の殺人だよ。薬を盛って前後不覚になったところをやって、しかもやられたほうはオーバードーズで死んだ」

「立件しなかったんですか」

「よせと言われた。どうせ検察が却下するだろうと。むしろ遺族を説得しろと言われてね」

「で、どうしたんですか」

「頑張ったんだが、どうにもこうにも手も足も出なくなった」

刈谷の胸はやりきれない思いで破れそうになった。

「だから、ネタを欲しがっている記者にリークした」

「……ひょっとしてそれって」

「深津じゃないぞ。あの子にまかせるにはちょっと荷が重すぎたからな。ベテランの記者に渡したんだ。で、その記者は結構悩んだんだが記事にした。ただ、これは週刊誌の慣例なんだそうだが、実は次の号にこういう記事が出ますと事前に官邸のほうに報告した」

「それで官邸は？」

「もちろん、出すなと出版社側に強く迫った。ただ、出版社もここは勝負だと腹を決めた」

そんな記事が出た記憶はない、どうしてだろう。

「けれど、茂實は突然死んだ。たまり場として使っていた六本木のマンションで心臓麻痺をおこして。こちらのほうがインパクトが強くて、急遽、記事は差し替えになった。出版社の判断としては、死人に鞭打つ記事を喜ぶ読者は少ないという判断だったんだろう。そして、この事件を担当したのが、刈谷道久警部補だった」

内藤はコーヒーを飲み干し、手の中の紙コップを握りつぶして防寒コートのポケットにねじ込んだ。

「当然、刈谷警部補は俺に情報を求めてくる。その時に、警部補は、週刊誌にリークしたのかと俺に訊いた。したと俺は言った。そしたら、リークがなかったら茂實は生きていただろうと言った」

「どういう意味ですか？」

「言わなかった。ただ、おかげで厄介な捜査になったとも言った。その言葉にかっとなって、言い合いになった。まあ、筋から言うと俺のほうが悪い。それから少し頭を冷やすと、『厄介な捜査になった』という刈谷警部補の言葉が気になりだした。そして考えた。それから、俺の推理が当たっているかどうかを刈谷警部補に問い質してみたいと思った」

「答え合わせですね」

「まあそうだ。やってることは変わらないんだよ俺は。ただ、答え合わせはできなかった」

「なぜです」

「その前に死なれたからさ。だから、親父さんとは喧嘩しただけの間柄なんだよ。本当にね、いい思い出なんてないんだ。けれど、その娘と数日間でもコンビを組んで答え合わせをしてるっていうのは不思議なもんだ」

渓声（けいせい）に耳をくすぐられて黙っていると、まさかお前、と内藤が言った。

「刑事になったのって、親父さんの件に白黒つけようってんじゃないだろうな」

その時、エンジン音がしたので刈谷はこの質問に答えなくてもよくなった。音は上のほうから聞こえた。刈谷たちが座っている滝壺近くの茂みは街道の下に位置している。エンジン音は近づいてきて止んだ。滝壺に下りる階段付近の駐車場に停めたにちがいない。まもなく上のほうから、懐中電灯の明かりが三つ、縦に並んで闇をかき回しながら降りてきた。急な階段を下りながら、ひそひそと囁きあう男たちの声が、だんだん大きくなり、それが中国語だとわかるまで近くなった。岩場までやってくると、先頭のひとりが懐中電灯の光を自分の手元に向けた。その手はメモらしき紙片を摑んでいて、光は手元とその周辺の闇とを行ったり来たりした。メモを頼りに目的の場所を特定しようとしているらしい。やがて三つの光の線は立入禁止の黄色いテープを照らし出し、交わされる中国語の語気も強まった。ゴツゴツした足場の悪い岩場を抜けて、黄色いテープをまたいだ直後、刈谷は足元に置いてあった拡声機を口元に寄せ、

「動くな！」

と叫んだ。照明が焚かれ、欅の木の根元にシャベルの刃を差し込んでいる男たちの姿が顕わになった。離れたところから、ブースタープロダクションの照明部がライトをそちらに向けている。その横では撮影助手の古屋が望遠レンズのついたカメラを回していた。

ついでにさっきスマホで調べておいたので、

「不要動（ブーイヤオドン）！」

と中国語でも言った。

けれど相手は動いた。だが、黄色いテープの外に出たものの、彼らに逃走路の選択肢はなかった。ゴツゴツした岩場と激しく流れる谷川に奥に進むことを阻まれ、川の中に飛び込んで下流に逃げるには季節が悪かった。三人はいま来た道を引き返した。駐車場へと延びる細い階段の手前に立って、刈谷と内藤が進路を阻んでいたのは言うまでもない。おまけにふたりは、二十人あまりの映画スタッフを背後に従えている。この光景を逆光の中で見た三人は、数多くの警官に行く手を完全にふさがれていると感じただろう。

ほどなく、刈谷と内藤の手錠は、ひとり目の右手とふたり目の左手、ふたり目の右手と三人目の左手に絡みつき、三人は手錠で手をつながされた恰好で、捜査車両に押し込められた。

内藤が駐在所に電話して出動を要請した。すぐにミニパトに乗って制服警官が上流から下ってきた。容疑者を連行するので、あきる野署まで付き添って欲しい、と内藤が説明して捜査車両の助手席に乗り込んだ。運転席では刈谷がハンドルに手をかけている。後部座席に三人の中国人を乗せ、ミニパトを後ろに従え、走りだした。

あきる野署に着くと、三人を留置場の別々の房（ぼう）に入れ、ひとりずつ取調室で尋問した。

最初に呼んだのは、年長の兄貴分らしき李沐阳（リームーヤン）だった。

なんの容疑で俺たちはここに連れてこられたんだ、とすごんできた。立入禁止の黄色いテープが目に入らなかったのか、ちゃんと映像にも収めたぞ、容疑は証拠隠滅だ、と内藤が言い、なんの証拠の隠滅なんだと問い返されると、殺人に決まっているだろうと答えた。

とたんに相手は慌てだし、冗談じゃない電話をかけさせろと要求する。内藤は黙って男の前に電話機を置いた。男は焦ったように中国語で話していたが、内藤は途中で受話器をひったくって電話口に出た。

実は、北原は自殺ではなくて、殺害されたんじゃないかという疑いが警察内で濃厚になりつつある。そして、被疑者として浮上しているのは、新宿で縄張り争いをしている日本のヤクザと中華系マフィアだ。ただ、向こうは政権に近い筋からいろいろ汚れ仕事を引き受けているから、日本の法律下では、外様（とざま）のお前たちがどうしたって不利だ。このままだと状況はどんどんヤバくなるぞ。なんどもガサかけられて別件で叩かれ、仲間は故国（くに）に送り返されるだろう。ただし、素直に喋ってくれればそれは調書にせずに、北原の件は自殺として処理してやる。だから、やってないのなら、やってないと洗いざらいぶちまけろ。どう考えても、喋っちまったほうが得なんだ。

――そんなことを電話口でまくし立てた。そして、相手が喋る番になった。内容は聞き取れなかったけれど、通話の最後に内藤がこんなことを言った。

「……ああ、約束する。…………………………俺たちはな、答え合わせをしたいだけなんだ」

そのあと受話器を目の前の男に突き出した。李（リー）は中国語で短い返事を二言三言（ふたことみこと）してから、受話器を内藤に返し、内藤はそれを電話機に戻した。

「さあ、ボスの許可も出たことだし、喋って楽になっちまおうぜ」

しかし李は、まだ緊張が解けないらしく、黙って内藤を見返していた。

「お前たちがあそこにぶら下げた死体、あれは北原じゃないよな」

李の顔に驚きが広がり、潮のように引いて、安堵の色がさした。そこには、ボスがそこまでバラしたのなら、もう喋ってもかまわないという放心があった。しかし、あとで内藤に確認したところ、鎌をかけた結果だったらしい。

李が白状したあと、残りのふたりを連れてきて、喋ってもいいという許可を上が出したことを李の口から伝えさせた。そして、もういちどひとりずつ内藤が事情聴取した。

やはり三人は、歌舞伎町を根城とする中華系マフィア青竜幇（チンロンパン）の構成員（メンバー）だった。三人の中でいちばん舌が滑らかだったのは、刈谷が北原のアパートの前で目撃した若い男で、名前は陳（チャン）

雨桐（ユートン）。北原の監視を言いつかっていた。内藤に職質されたときは中国語を喋ってごまかしたが、ちゃんと流暢な日本語を喋った。

「なんで中山の滝にしたんだ。おかげで迷惑してるぞ」

「文句は北原に言ってくれよ。あいつがあそこがいいって言ったんだよ」

「だからどうしてって訊いてるんだ」

「アメリカ淵って言うからだってさ。それ以上は知らねえや」

あてずっぽうの推理は的中したようだ。膝の上の拳を固めて密かにガッツポーズをした刈谷を、内藤がちらと見た。

「で、お前らは北原をどうしようとしてたんだ」

「とにかく、あいつを奪われるなって言われて、俺がずっと張りついてたんだ」

「奪われると北原はどうなるんだ」

「さあ、殺されるんじゃないのか」

「それで、北原さえいなくなればことが収まると思って、死んだと見せかけたんだな」

「ああ……こっちだって四六時中見張ってるわけにもいかないだろ。それに、俺ひとりが張りついてたって、大人数で来られたらどうしようもないからさ」

「あのパソコンに残されていた遺書は誰が書いたんだ」

「北原だよ。なんか楽しそうに書いてやがったぜ」

「じゃあ、アメリカ淵の欅の木に吊るした骸、あれはいったい誰だ」

「俺の兄貴分だよ」

「そんなところだろうな。——健康保険証はどうした。偽造したのか」

「いや、あれはホンモノ。ホンモノなら怪しまれないだろうって言うからさ」

「ホンモノ？　ちょっと調べりゃ顔が違うのはわかっちまうぞ」

「まあ、俺もそうは思った。運転免許証は顔写真がついてるから、そっちを偽造したほうがよかったんだけど、あいつは免許とってないんだと。それに、自殺なら報道されないから顔写真なんかあってもなくても関係ないって言うんだ」

「誰が」

「だから北原さ。自分は両親も死んで、身寄りもいないからバレやしないって。それに自分はいちど死んだほうがいいんだってさ」

「いちど死んだほうがいい、か」

内藤はひとり言のように言った。刈谷もどことなくこの台詞は気になった。——いちど死んだほうがいい。だったらさっさと死んでくれってムカついたよ、などと陳はぶつぶつ言っている。

「で、お前たちが吊るした男は東郷組との抗争ですでに死んでたんだな」

陳はうなずいた。

「もめごとは北原の件でか」

「……俺たちもなんであの男を守んなきゃいけないかわかんなかったし」

「それはお前がわからなかっただけだろ」

「いや、日本にいる誰もわかってなかったんだ」

「それはおかしいぞ。北原を東郷組に渡すなと誰かが指示を出したから、お前らが動いたんだろ」

「ところが、この件は本土からだそうなんだ」

「ほお」

内藤はわざとらしく驚いてみせた。

「本土のどこだ」

「わからねえから癪にさわるんだ。だからどうしたって、なんであんなやつを守って危ない目に遭わなきゃならないんだって不平が出てくるわけさ。けが人も結構出てたし、やってられねえって話になったんだよ」

どうやら青竜幇（チンロンバン）は、上層部はともかく現場の実行部隊は、言いつけられた仕事が、どんな意味を持つのか知らされてなかったらしい。

「それで」

「だから兄貴が手打ちをしに行くって言いだしたんで、ついて行ったんだ」

「東郷組に？」

「そうさ。逆にどうしてこんなことになってんのか、東郷組（あっち）がなんか知っていたら教えてもらおうと思ってさ」

内藤は苦笑しつつ、目で先を促した。

「いったい北原のなにを狙ってるんだって、こちらが単刀直入に訊いたら、向こうは攪乱（かくらん）戦法かなんかと思ったらしく、ふざけんなってことになって。それに、前から東郷組とうちは縄張りの件やなんかでいろいろあったから」

「で、どうなったんだ」

「卑怯なんだよ、あいつら。後ろから狙いやがって」

「後ろから？」

「目を覚ましたときには、バッティングセンターの駐車場だったんだ」

「連れはどうした」

若い構成員の顔に影が差し、首が横に振られた。

話がこじれだした時、急に背後から首にロープを巻きつけられ、陳雨桐(ユートン)は失神しただけですんだが、連れの兄貴分は、おそらく頸部血管神経(けいぶけつかんしんけい)がやられたのだろう、そのまま息を吹き返さなかった。ロープを巻きつけられ後ろから引き上げられて窒息したので、首を吊ったのと同じような形になったわけだが、ロープをほどこうとして喉元をかきむしったうえで息絶えたので、その痕が「吉川線のようなもの」と検視報告書に記載されたのだろう。

ただ組織は、これ以上の面倒を嫌って、東郷組への報復をしなかった。北原さえいなくなれば一段落すると考え、さらにこのアイディアに北原自身が乗り、殺された仲間を中山の滝に吊るした。北原当人は新大久保のマンションに匿(かくま)って、偽造パスポートができ次第、福建省廈門(アモイ)行きの飛行機に乗せるつもりだった。

「それで、北原はどこに匿っているんだ」

「もう匿ってないぜ。ていうか探してるんだ」

「北原を？」

「いや、こんなことまで言っちゃっていいのかどうか」

「言ったほうが早く帰れるぞ。ボスからお墨付きをもらったろ」

「北原はどうでもいいらしいんだけど、あいつが持ってるなにかが必要なんだってさ」

やはり〝お宝の残り〟はあるのだ。

「そのなにかを持って北原は行方をくらましちまったんだな」

「まったく迷惑な話だよ。いっそ死んでくれればよかったのに」

「てことは、死体を吊るしたあとで北原はバックレた。いつだ、それは」

「翌日だよ。寒い中あんなところまで行ってすぐにこれだ、やってられねえや」

「どうして北原が消えたのかはわからないんだな」

「わかるわけないじゃないか。急に行きたくないなんて抜かしやがって」

「どこに行きたくないって?」

「中国だよ」

「それをお前に言ったのか」

「いや、置き手紙があった」

「それはいつだ」

「一週間前だな。手紙見つけてまた大騒ぎさ」

ということは北原の心変わりは、十三日の夜から十四日の間に起こったことになる。この間になにがあったのだろう。

「あいつのおかげでひとり死んだんだぜ、なに寝ぼけたこと言ってんだ」

「なるほど。つまりお前らが本土から請け負った仕事は、北原を日本のヤクザから保護して中国本土に送ることだったんだな。それが突然行方をくらまされて、お前はアパートの前で見張ってた、また北原が現れるかもしれないと期待して」

「ああ、部屋にはまだ荷物も置きっ放しだったから」

「部屋にレインボークラブの会員証を置いたのはお前らか」

「知らないな、なんだそりゃ」

　このクラブの会員を名乗ったのは東郷組のチンピラと思われる。会員証は組の仕業だろう。万が一、北原の死が問題視されるようなことになったときのために、ＬＧＢＴ絡みで北原と鈴村が対立していた印象を世間に植え付けるための工作として（内藤・刈谷コンビは見破ったが）、別の筋から請け負ったにちがいない。別の筋。その筋を上流へとたどっていけば、おそらく、日本におけるアメリカ勢力の淀み、つまりアメリカ淵に達する。

「ＰＣの中身は空だったが、お前らが消去したのか」

「いや、そのままだよ。そのほうがいいって北原が言ったんで」

「どうしてだ」

「そこには別にたいしたものは入ってないから、探したければ探させろって、そのほうが時間稼ぎになるからいい、なんて抜かしてた」

「北原抜きで、お前たちだけが部屋に入ったことはないのか」

「あるさ。俺たちが北原を匿うようになってからは」

「それはいつからだ」

「えーっと、女の議員が演説中に襲われた翌日からだったな。こうなったらそうしたほうがいいって上のほうが言いだしてさ。だけど、そのへんの詳しい事情は俺にはわからない」

だとしたら、北原は今月十日の月曜日から青竜幇（チンロンパン）の庇護下に置かれていたことになる。その翌日の十一日と十二日に組と幇（ほう）の間で抗争が勃発したのは〝北原を渡せ、渡さない〟が原因らしい。

「じゃあ、あの部屋の鍵は持ってたんだな」

「ああ、スペアをもらったよ。気持ち悪い下着なんか取りにいかなきゃならなかったんで」

「気持ち悪い？　どういうことだ」

「女物の下着を取ってこいって言うんだよ。あと服も」

「北原は普通に男装してたんじゃなかったのか」

「そうなんだけど、これを機に女の恰好をするんだってさ」

「アメリカ淵で吊り下げた仲間に着せたワンピースは？」

「だから北原の服だよ。どうしてもこれを着せろって言うんだ」

「なぜだ」

「よくわかんねえけど、女装させとけば、あの議員と北原の線がつながらないんだってさ。いや、あんなもの着せられて兄貴も気の毒だったけど、しょうがねえ」

つまり、東郷組のレインボークラブの会員証と青竜幇（チンロンパン）のヴィヴィアン・タムのワンピース、それぞれが仕掛けた偽装工作は奇しくも一本になって、組や幇が意図した以上に真相を見えにくくしていたことになる。しかし、捜査の早い段階で、北原の周辺にちらつく怪しげな影を〝金主〟と〝盗賊〟の二種類に分けた内藤の勘の良さに、刈谷は秘かに脱帽していた。

「最後に北原の部屋に入ったのはいつだ」

「遺書を書かせるために北原と一緒に行った日だよ」

「正確に言ってみろ」

「じゃあ、カレンダー見せてくれよ。…………ああ、十三日の木曜日だ。そのあとすぐアメリカ淵に行ったんだ」

「北原もアメリカ淵に同行したのか」

「行かないよ。いたってなんの役にも立たないじゃないか。だからいちど新大久保に戻したんだ」

「だけど翌日だよな、突然いなくなった、と」

「そうだ、何度も言わせんな」

「お前らが知らないうちに、北原が東郷組に攫(さら)われちまったって思わなかったか」

「思った。だけど向こうも躍起になって探しているってわかったから」

「やつがバックレたあとは北原の部屋には入ってないのか」

「だから入ってないってば」

「ただやつに逃げられたお前らとしては、北原が持っているなにかを手に入れなきゃ、本土にも示しがつかないいんじゃないのか」

「そりゃそうだけど、なにを取ってきたらいいかわからないのに、そんなことしてどうすんだよ。ただ……」

「ただ、なんだ？」

「万が一、東郷組に奪われるとまた面倒だって言うんで、やつが性懲りもなく部屋に戻ったりしてないかと思って、ときどき行って見張ってたんだよ」

そう言って、陳(チャン)は刈谷を見てはっとした。斜め向かいに座っている女警がリバティコーポの前で視線が合った女だとようやく気づいたようだった。

「なるほどな」

と内藤は笑った。刈谷もこれでようやく腑に落ちた。

やはり盗賊は東郷組だった。もう日付が変わっているので四日前になるが、刈谷と内藤がはじめて北原の部屋を捜索しに入った時、すでに鍵が開いていたのは鍵を持っていない東郷組がピッキングで入ったからだ。解錠した鍵をピッキングで施錠しておくほど律儀な空き巣はいない。

ただ、東郷組が北原の部屋を家捜ししたり、捜査車両を荒らしたことを考えると、青竜幇が知らない〝お宝の残り〟の正体を、おぼろげながらも東郷組は知っているということだ。

しかし、東郷組の動きからすると、どちらの手にも渡っていない。おそらく北原が持って逃げたのだろう。

答え合わせはほぼ終わった。

それでもまだ明らかになっていないことは残っていた。北原はいまどこにいてなにをしているのか？

「まあどこかで生きちゃいるんだろうな」

夜明け前に三人を解放したあと、ふたりで残った会議室で内藤は言った。その口調に、これからそれを明らかにしてやろうという意気込みは感じられなかった。

「最後に聞いておきたいんですけど」

と刈谷は改まった。

「どうして内藤さんは北原がまだ生きてるって見抜いたんですか」

内藤はすこし照れたように笑った。

「半分はなんとなくだよ」

なんとなくじゃないでしょう。刈谷は叱られるときに自分がもらう台詞を口にした。

「あと半分はお前のおかげだな」

「私の？　どういうことです」

「うちの署に最初に来たときに、赤いワンピの写真見て言っただろ、牡丹の花の間に鳳凰がいるって」

「あ、フェニックス」

「そうだ。最初からこいつはどうしてこんなに薄着なんだって思ってたんだ。まあ、死ぬときは好きなもの着て死のうって心積もりだったんだろう、くらいで納得してた。そこにお前がやってきて、ヴィヴィアンなんとかってデザイナーの服だって教えてくれた。中国人だってのが気になり、もしかして今回の事件にかこつけたメッセージじゃないかって気もしてきて、あ、そうかこの不死鳥(フェニックス)は――って思い至ったわけさ」

「つまり、自分はいちど死ぬけれどまたよみがえるって……」

お前は飲み込みが早すぎるよ。内藤はそう言って笑ってから、けれど大滝には一杯食わされたぞ、と首を振った。

「あいつ、俺が女装していたって教えたとき、『どんな』って確認してきただろ。それでお前が写真を見せたわけだが、あの服は、『復活するからいちどここで死なせろ』ってメッセージだったんだよ」

面確のとき、別人の写真を見せられた大滝が、北原だと認めたのは、赤い服に込められた意味を汲み取ったからだ。そして大滝は、ぷらちなキングを訪れた刈谷の前でも、北原が死んだことを疑わない素振りを見せていた。いま思い返すと、引っかかったことが刑事としてはとにかく悔しい。ただ監督兼女優としては、あれは名芝居だったなあ、と感心しないではいられなかった。

内藤が短い報告書を手早く書き上げた。檜原村の中山の滝の欅の木で縊首した遺体の身元は、北原芳治であり、自死による死だと書いて、徹夜なので今日は休むとひとこと添えて送信した。

署を出て、すぐ前の停留所からバスに乗って武蔵五日市駅まで出て、それからふたりで拝島駅で下車すると、駅構内のドーナツショップに席を取った。

「北原はどこにいるんですかね」

マフィンとコーヒーのセットを朝食にして、刈谷は尋ねた。さあなと内藤は首を振った。

「それにどうして一方的に〝ベートーヴェン計画〟から降りたんでしょうか」

内藤は、口の中に押し込んだホットドッグを胃の中に落とすと、言った。

「あのな刈谷、俺みたいなヘボ刑事の言うことはあてにならんだろうが、いちおう言っておくよ。現実ってものを自分が納得できるように見ようとするのは刑事の習い性だが、行きすぎると危険だぞ」

「つまりこれでいいと……」

刈谷はつぶやいた。彼女にはまだやるべきことが残っているように思えた。

「じゃあお前にここからのプランがあるのなら言ってみな」

たしかに、この先どのように駒を進めていけばいいのか、の見通しはまるでなかった。

「退くべきときは退くってのはいろいろあってな」

刈谷が黙っていると、ころあいを見計らって内藤が口を開いた。その内容の見当が皆目つかない刈谷は、続きを待った。

「明日勝つために退くほうが賢明だってことだってあるんだよ」

「明日勝つって……」

「もしもだよ、親父さんの件に白黒つけたくて警視庁に居続けるつもりならってことさ。深い闇を曝きたければ、こんなところでつぶされちゃあつまらないぞ」

それだけ言うと内藤はコーヒーをすすりながら刈谷をじっと見つめていた。刈谷は黙って内藤を見返した。そして長い沈黙の末にかすかにうなずいた。

「じゃあ、とりあえずこれで終わりだ」

内藤は宣言した。これから帰って寝て、それから洗濯だ、とつけ加えた。彼の足元には紙袋があった。署に泊まったときに着替えた下着とシャツが入っているのだろう。

「刈谷はどうする」

「今日は八王子署に顔を出せと言われています」

「栄倉に電話して、自殺の線で報告書を上げるのに徹夜したって報告しろ。今日は休んでいいと言うさ」

刈谷は笑って受け流したが、内藤がしつこく言うのでそうしたら、その通りになった。

中央線のホームに降りていくエスカレーターに乗って振り返ると、内藤はまだ律儀にそこに立って見送ってくれていた。

国分寺からアパートに向かう途中、駅に向かって歩くサラリーマンの群れとすれちがいながら、光音に行ってシャワーを浴びようかと考えたけれど、疲れすぎていて、そのまま清風荘に戻って、寝た。

スマートフォンの振動で起こされた。八王子署の刈谷杏奈さんですかと確認されたので、職場からの電話ではないとほっとしながらも、仕事絡みの電話であることは確かだと察して、別種の緊張を覚えた。

――鍵。もうよろしいですか。

「え」

――リバティコーポの203号室ですよ。

「あ、北原さんの」

――事件と自殺の両面で捜査していると言ってたけど。

「えっと、それは誰が言ってたんですか」

――あんたと一緒にこられたあの人だよ、名前忘れちゃったな、えっと、あった。内藤さんだ。

そうか、と刈谷は思った。最初から内藤は内心では事件の線も捨ててなかったのだ。

――でね、どちらにしても本人が戻ってこないんじゃ、大家さんとしては貸せるようにしなきゃいけないんで。

そうですよね、すみませんと刈谷は言って、枕元の目覚まし時計を見た。正午過ぎだった。

「夕方にはそちらに持っていきます」

――頼みますよ。一階の集合ポストに入れといてもらえればいいからさ。

すこし時間があるので、光音に顔を出した。誰もいなかった。ひとりでコーヒーを淹れて、ソファーに座ってパソコンで、鈴村議員が八王子で襲われた九日から、北原が行方をくらました十四日までの間に起きた事件を調べていると、結城と光浦が入ってきた。近くの公園で新しいカメラのテスト撮影をしていたんだそうだ。

これからきぬたやに行くけど一緒にどうだと言われた。結城が贔屓にしている蕎麦屋がひさしぶりに昼に店を開けるらしい。行く行くと言って一緒に出かけた。

「あのオジサンとコンビを組んでるの」

蕎麦をつゆにつけながら結城が尋ねた。

「今朝解散した。今回の事件だけのコンビだったから」

「なんだ、そうか。結構よさげだったけどな」

日頃から相棒の悪口を刈谷から聞かされている結城はそう言った。

刈谷は拝島駅のエスカレーターを思い出した。中央線のホームに降りていく途中で振り返った時、内藤はまだ上にいて見送ってくれていた。三日半の短い相棒だった。けれど、なんだかまた組むような気もした。……そんなはずはないのに。

うん、私もそう思うんだ、と言おうとしたが、蕎麦を口に入れたところだったので、うなずくだけになってしまった。

リバティコーポに着いたのはそろそろ日が翳りはじめる四時ごろだった。茶封筒に入れた鍵を一階の集合郵便受けに入れようとして、なんとなくもういちど見ておこうと思い、刈谷は鉄階段を上った。

不動産屋がそうしたのか、ブレーカーは落とされていて、部屋の灯りはつかなかった。それでも、西に向いた窓がありったけの残光を招き入れていた。差し込む光は衣装ダンスの扉を照らし、なにかが光を跳ね返して輝いている。目を細めて見ると、それはオードリー・タンの写真だった。刈谷はしばらく光り輝く写真を見つめていた。北原にとってタンは、もっとも世に用いられ出世した同志であり、ヒーローだったにちがいない。やがて、写真の上の光はゆっくりと翳りだした。長髪に包まれた丸顔の中の細い目が判別できなくなる刹那(せつな)、あっと刈谷は思った。

北原はここに賭けたのだ！

刈谷は理解した。そして衣装ダンスの扉の化粧板から写真を外した。思った通りだった。その裏には夥(おびただ)しい線と記号が書かれてあった。

刈谷は写真を鞄に忍ばせると、それを持って足早に部屋を出た。

光音に着くと、結城がソファーに寝転んで本を読んでいたので、取り上げて代わりに写真を持たせた。

「ああ、これはまさしく残りのピースだよ。外部にチップ化するための論理回路とハード作製の手順も書いてある。それに新しいＯＳのダウンロード先もね」

寝転んだまま、結城はさほど驚きもせずそう言った。彼の態度に感動らしきものは見当たらない。

「つまり、これがあれば、例の新しいコンピュータが作れるってこと？」

念を押すように刈谷は訊いた。結城はまた本を取った。

「頑張れば」

その口調には二日前に見せた興奮は影をひそめていた。

刈谷はソファーの前にダイニングテーブルの椅子を持ってきてそこに座り、寝そべっている結城にかがみ込んだ。

「頑張る？　どう頑張るわけ？　設計図があるんだから組み立てればいいわけでしょ」

「理屈はそうかもしれないけれども、これを物理的に作り上げる技術はまた別のものになるんだよ」

「それって半導体を作る技術を言ってるの」

「簡単に言ってしまえばそういうこと。論理回路を実行する物理的な個体を作るのはまたそれはそれで技術がいるからさ。ただ、詳しいことは僕は知らない、物理屋さんじゃないんでね」

「でも、それって日本にはできないの」

「昔なら。半導体といえば日本って感じだったらしいよ」

「いまは？」

「ざっくりと言えば中国一択かな」

「ざっくりと言えば」

刈谷は復唱した後で、「なるほど」とつけ加えた。

「あんまり興味ないみたいね。このあいだは結構エキサイトしてくれたのに」

「あの時はね、なるほど、これは灯台下暗しだって感動したよ」

結城は目の前に掲げていた本を胸の上に置いた。

「つまり、実際にこれを作ることにはあまり興味がないってこと？」

「そういうパソコンができたら買うとは思うけど」

「つまり自分で作ってみたい気はない？」

「そうだね、結局ＰＣが速くなるだけだからね」

「それじゃつまんないの？」

「読まなかった？　手紙」

「あ、ごめん。読んだ」

「そういうことだよ」

えっと、どういうことだったかな。内心焦りながら、刈谷は二日前の深夜にアパートのドアに差し込まれていた手紙の文面を思い出した。すべてを正確には思い出せないが、たしか、

人間にはなにが残るか。


という一行があったことは覚えている。処理速度が増すことによって、コンピュータが人間みたいに振る舞えるようになった時、人間にはなにが残るのか。

「ごめんね。僕はそっちのほうが興味あるからさ」

結城は言った。彼の目に宿る寂しい微笑は、刈谷に手紙の最後を思い出させた。

最先端の哲学ではなにも残らないという声が優勢だ。

――残念ながら
季節は寒さをぶりかえしつつ、ゆっくり春へと向かっていった。

檜原村の一件については、自殺として処理されその後の沙汰はなかった。その代わりというのも変だが、栄倉と刈谷の上司と部下との関係は外気が温まっていくにつれて、冷え冷え

としたものになっていった。

深津の筆によるスクープ記事も出なかった。内藤が予想したように、これは書けないと判断し、忘れることにしたのだろう。

けれど、刈谷は折に触れて、この件を思い出し、なぜ北原はオードリー・タンの写真の裏に残りのピースを残して去ったのかを考えていた。ただ、その思索は長続きしなかった。戻った八王子署の管轄内で、小さな事件が立て続けに起こり、刑事として忙しい日々を過ごしていた彼女には、落ち着いて考える余裕がなかったのだ。

こんなことがあった。京王八王子駅のショッピングモールで人を殴った酔漢に手錠をかけて連行していた時、弥次馬とは別種の視線を感じた。ただし、このときの刈谷の、

「こら、さっさと歩け。抵抗してもろくなことにならないよっ！」

と低い声ですごむ姿は、ジーンズを穿き革のオーバーコートを羽織って髪を後ろに束ねていることもあって、北原の妹を騙って議員会館を訪問したときとは激変していたので、まさか同一人物ではあるまい、と鈴村も思ってくれたようだ。

およそ二ヶ月が経った。

外回りから署に戻ってきたときだった。外線ですと言われ、回された電話を取ると、意外

な相手が電話口にいた。

「おひさしぶりです。最近は連中は店に顔を出したりしませんか」

と刈谷は尋ねた。

「うん、もう大丈夫。あれからぴたっと来なくなったよ」

大滝は快活な声で言い、それでね、となにかを打ち明けるような調子になった。

「いよいよ来週の金曜日の夜、うちの四十周年記念パーティなんだけど」

「あら、おめでとうございます。電話をくれたということは、顔を出してもいいよって連絡ですか?」

「そうではあるんだけど、その先があるのよ」

「というのは?」

「前に話さなかったっけ? 知り合いに映画監督の子がいるって。杏奈ちゃんに映画祭で賞を掠(かす)め取(と)られたって言ってた」

「……掠め取ってはいませんけど」

「まあいいじゃない。ちなみに彼は、刈谷杏奈って名前がよかったんじゃないかって言ってたよ。その時の審査員にアンナ・カリーナのファンがいたからだって」

刈谷は、その推理は外れてると思いますよ、と笑って返した。

「それで、彼がその日どうしても来られないって言うの」

へえ、とあいまいに刈谷は答えた。

「でさ、杏奈ちゃんは映像チームを持ってるんでしょ」

「ええ、まあ」

「だったら、パーティの模様をカメラに収めて、そのあと編集して一本の動画にしてもらえないかな。もちろんこれはお仕事として頼んでる。高くはないけどそれなりには払うから」

職場でこの手の話はできないので、仲間から電話させると言っていったん切り、昼休みに光浦に電話して、先方とコンタクトを取って、詳しいことを聞いてみてと伝えた。

その夜、光音に顔を出すと、結城から引き受けたよと知らされた。ついでに、パーティは夜だから、刈谷も勤務が終わったら手伝いに来てくれ、とも。

仕事のもうすこし詳しい内容を尋ねると、大滝としては、店を訪れた全員を撮って、お祝いのコメントをもらって欲しいんだそうだ。そのほかにも乾杯やカラオケやビンゴの様子も含めて、パーティを動画に収める。もちろん、オーナーである大滝も大いに語るつもりだという。そうしてこれらをまとめて一本の動画に仕上げるというのが光音に託された仕事らしい。

「カメラはパーティが始まる前から回して欲しいんだって」

ぼんやりした口調で結城が言った。要するに、四十周年を迎えたぷらちなキングの一日を

ドキュメンタリー映画にしてくれということらしい。なかなか大変な作業である。よく引き受けたなと思っていると、

「光っちゃんだよ」

と言って結城がため息をついた。

来店予定客のリストに、有名な女性タレントがいて（ゲイバー好きが多いらしい）、たまたまアイドル時代の彼女のファンだった光浦がこれを聞いてがぜん乗り気になったんだそうだ。

当日の午後八時頃、仕事を終えてぷらちなキングに駆け付けると、店に入りきらない客が路上に溢れていた。その間を縫ってエレベーターに乗り込み、下に降りたとたん、パンパンと景気のいい音が鳴り響いた。クラッカーから色とりどりの紙テープが飛び出して、店内は宴もたけなわである。疲れた顔をした結城が、ハンディカメラを刈谷に渡し、上に店の客がいたら、街灯の下に引っ張って祝辞のコメントをどんどん撮って欲しいと言った。

「光っちゃんと僕とじゃさばききれないよ」

刈谷は上にあがって、路上にたむろしている来客に次々とカメラを向け、お祝いのコメントをもらった。

地下から何人かが上がってきて夜の街に去って行くと、路上の何人かがじゃあそろそろ行

くかなといった感じで下りていく。そうこうしているうちに近くに停まった車から、ひときわ艶(あで)やかな女が降りてきた。ぷらちなキングのパーティに来られましたかと尋ねると、うなずいた。ここでお祝いのコメントを取らせてもらえないかと言ったら、同伴の男はそれは困るよみたいな態度だったので、彼女が例の元アイドルで男はマネージャーか付き人なんだと気がついた。それでも本人がいいわよと言ってくれたので、街灯の光で撮影させてもらった。誠吾ママ、五十周年記念まで頑張ってねと彼女は言った。

　こうして数え切れないくらいのコメントをもらって、もうそろそろいいかなと思いはじめた頃に、近くに停まったタクシーから女性がひとり降りてきた。声をかけると案の定ぷらちなキングの客で、長身の美女だし、たいそう着飾っているし、彼女もモデルかタレントかしらと思い、おひとりですかと刈谷は尋ねた。そうよと相手が言ったので、これはうるさいマネージャーがいなくてラッキーだと喜んで、ぷらちなキングの誠吾さんにコメントいただけますか、と尋ねると「もちろん」とハスキーボイスの返事があった。

「誠吾、四十周年おめでとう。それから俊もね。だけど、油断しちゃ駄目よ。これは単なる節目だと思ってまだまだ頑張って。もうね、ぷらキンなくして二丁目なしって感じだもの。私も頑張るからさ」

　それからすこし息を止めてから、最後の台詞をつぶやいた。

「ベートーヴェンは作曲家？　それとも？」

二十分ほど雑居ビルの入口付近で待っていると、ゴトゴトと壊れかけた音を立ててエレベーターが上ってきて、中から北原が出てきた。

「お待たせ」

屈託のない調子で言って、

「さあ、どこで話そうか」

と通りに出ると、あたりを見回した。

「もういいんですか」

「うん、あまり長居するのもよくないからね」

「大滝さんは気がついてましたか」

「ビミョーだな。なにせこの恰好だからさ。でもいいのよ。元気でやっているところ見られたし。じゃあ、二丁目を出ようか」

どうして、二丁目を避けるんですか？　どこか知ってるとこある？」と刈谷が改まって訊けたのは、三丁目のダイニングバーの個室に腰を落ち着けたときだった。

「知った顔が多すぎるから。それに二丁目って昔はほっとする空間だったけれど、こういう身体（からだ）になると逆に疎外感もあったりしてね」

「手術をされたんですね」

　女はグラスの脚をつまんで、

「ギムレットには早すぎる、ってわけじゃないからね」

　と言った。

「え、どういう意味ですか」

「あはは。知らないの。『ギムレットには早すぎる』。レイモンド・チャンドラーの小説にある台詞なんだけど。『ロング・グッドバイ』ってのがあってね」

　部屋に残されていた文庫本を思い出しながら、まだ自分の正体を明かしていない刈谷はあえてそこには触れずに、

「私は映画で見ました。オープニングは夜中に探偵がキャットフードを買いに行くんです。そこしか覚えてないんですが」

「それはたぶん映画の脚色だね。小説では、ふたりの男が出会うところから始まる。正確には、私立探偵が金持ちの男が酔いつぶれているのを目撃するわけ。その後、ふたりは意気投合してバーでギムレットを呑む仲になる。で、金持ちのほうはトラブルに巻き込まれて、探偵はそいつの逃亡を助ける。だけど結局、逃亡先でそいつは死ぬ。おまけに、そいつのせい

で探偵はいろんなとばっちりを受けて散々な目に遭うわけ。だけど死んだと思ってたそいつは、整形手術をして探偵の前に再び現れる。そのときに探偵が言うの。『ギムレットには早すぎる』って。これはまだバーは開いてないよって意味なんだけど、と同時に、お前の正体はちゃんとわかってるんだぞ、って符丁なんだよね」

でも、「ギムレットには早すぎる」ってもとの台詞を「早すぎるってわけじゃない」と直したのは、ふさわしい時期が来たってことだ。刈谷は尋ねた。

「手術は台湾に渡ってすぐに？」

北原はグラスのリムに口をつけながら、いい質問ねと人差し指を立てて、

「男だった私のことを誰も知らない場所でやり直したかった。だからすぐに受けた」

と言ってからこんどは首をかしげた。

「でもどうして、行き先が台湾だってわかったの？ ていうか、あなたは誰？ ぷらちなキングのお客なんだろうけど、私は会ったことないし、それに女だよね」

「私は刑事です。檜原村で縊死した遺体の件を担当していました」

北原の目は驚きに見開かれた。つい先程、カメラを構えて四十周年記念のコメントを求めてきた女にいきなりこんなことを言われたのだから、無理はない。

「そして我々はあの件について自殺であるという報告書を書きました」

その言葉をかみしめるようにして、北原は口を開いた。

「つまり私は檜原村の中山の滝で首を括って死んだと」

「そういうことです」

「つまり、あなたは私の計画に協力してくれたんだ」

刈谷は黙っていた。さすがに、はいそうですとは答えられない。

「でも、刑事のあなたは私がこうして生きてることをいまは知ったわけでしょ。いや、前から感づいていたのかしら」

「ええ、でもそれを話すと長くなるのでよしませんか。それに報告書を書き直すつもりはありません。そこはすごく悩みましたが、そうすることにしたんです」

「じゃあ、質問を戻すね。どうして私が台湾に出たってわかったの？」

「写真です。台湾のＩＴ担当大臣、オードリー・タンの」

「それだけで？」

「最初は憧れや連帯を意識してあの写真を貼っていたのかと思いました」

「うん、そんな気持ちもないわけじゃなかったよ。お手本というか——ね。でもそれだけじゃないとあなたは思ったわけね」

刈谷はうなずいた。

「よかったですね、受け入れてもらえて」

返事はない。なにせこちらは刑事だから気を許していいか迷うのも無理はない。女はライムでほんのり薄緑色に染まったカクテルのグラスで唇を湿らせてから、おもむろに口を開いた。

「……そうだね。それに見合うだけのものは与えたと思うけど。それでもこの国ではうまくいかなかったから、台湾には感謝してる」

「じゃあ鈴村議員に返金したお金は、台湾政府、もしくは台湾のＩＴ企業からの手付金ですか」

北原はふうとため息をついた。

「そこまでお見通しなのか。怖いな。本当に報告書を書き直すつもりはないのね」

ありません、と刈谷は首を振った。

「なら話してあげる。最初は中国に売ろうとして手付までもらっていたことを台湾に打ち明けて、もしこれが欲しいのならすぐに払って欲しい、中国には返金しておかないと怖いからと言ったら、速攻でくれたよ」

刈谷は北原が胸襟を開いて打ち明けてくれたことに感謝した。

「ところで、北原さんが台湾にプレゼンした新しいコンピュータのアイディアって、単純作業をハードウェアに任せてＣＰＵの負担を減らすってことですよね」

北原がまた驚いた顔をしたので、

「私、もらったんです、大滝さんから、四十周年記念パーティのポスターを」

「わかったの、あれで？」

「仲間にちょっと詳しいのがいるんです。店の中でカメラ回していたはずですけど」

「ああ、ちょっと暗い顔したかわいい子。彼氏？」

刈谷は首をかしげて曖昧にごまかしてから、

「彼によると、半導体を作る技術はざっくり言えば中国一択だと。それで——」

「なるほど台湾も中国文化圏だって思ったわけだ。確かに半導体では台湾は最先端の技術を持ってるしね」

「で、それからもういちど考えたんです。どうして北原さんは中国との提携をキャンセルしたのかって」

「聞きたいな」

「台湾はトランスジェンダーが大臣に登用される中国文化圏の国だけど、中国本土ではこんなことがありました。これは十三日夜に出たニュースです」

刈谷はスマホのニュースを見せた。

中国LGBT団体のSNSアカウント、相次ぎ凍結

中国のチャットアプリ微交信（IChat、アイチャット）」で、十二日、主要大学のLGBT（性的少数者）団体の複数のアカウントが凍結された。当局の検閲が懸念される中、十三日にはオンラインで抗議運動が呼び掛けられた。

中華科学技術大学の「プライド・オブ・ゲイ」や北京中央大学の「虹色未来」といった団体の微交信のページの過去の投稿がすべて削除され、「このアカウントのコンテンツへのアクセスをブロックし、アカウントの使用を停止した」という通知が画面に出るようになった。微交信は規則違反によるものだと発表しているが、具体的にどの規則に抵触したのかについての説明はない。

女は画面を見つめたままなにも言わず、ギムレットのグラスをつまんだ。

「このニュースはあなたに決心を翻させたのではないか、この国に手を貸すような真似はできないと判断させたのではないか、と思いました」

刈谷がそう言うと、手にしたグラスを持ち上げて乾杯のポーズを取った。

「でも、わからないのは、あれを残していったことです」

「ポスターと写真のことね」

「ええ、『再生産性がない』発言も意に介さずに、鈴村議員に接近して中国へ売り込んだのも、日本に見切りをつけたからですよね。ある意味で、日本に見捨てられたあなたは日本を見捨てるつもりだった。それなのに、どうしてあれを残したんですか」

「それは私にもわからないんだ」

「わからない？」

「たしかに私は日本を捨てた、少なくとも出る前は捨てるんだと思ってた。だけど、実際こうしてお忍びで日本に戻っている」

「だってそれは、大滝さんに会いたかったからでしょう」

「だからそういうこと。私と誠吾は結局うまくいかなかったでしょ」

「ええ……」

「自分の気持ちを受け入れてもらえずに、恨みがましく思う気持ちが私にないわけではなかったし、誠吾も私に裏切られた悔しさを味わった。もう日本にいなくてもいいやと思ったきっかけはそれだからね。だけど、そうは言っても、やっぱり気になるんだよ」

「気になるのは、人ですか、それとも日本という国ですか」

「うーん、どうなんだろうなあ、両方じゃないかな」

「ということは大滝さん個人にではなくて、日本に残していったってことですか」

しつこく刈谷が確認すると、北原はうなずいた。

「コンピュータって情報科学でしょ。情報が高速で世界を飛び交うことで、グローバリゼイションが興った。そして、さらにグローバリゼイションが加速すると国ってものはなくなるなんて言う人がいる。でも私なんか、本当にそうなのかなって思っちゃう。例えば、日本に冷淡にされた私がよそに自分を売りつけて成功したら、ざまあみろ日本なんて滅びればいいって思えるかっていうと、それはちょっとちがうのよ。日本が、自然災害なのか戦争なのかよくわからないけれど、存亡の危機に直面したら、私はまた舞い戻ってくるかもしれないよ」

そう言ってから北原は、ギムレットで唇を湿らせ、

「たぶんね」

と小首をかしげた。

スマホが鳴った。ほぼ終わったから、このへんで引き上げるという結城からの連絡だった。夕飯は済んだのかと訊くと、賄い（まかな）をすこしつまんだだけで、お腹になにか入れないと眠れないというので、ここに来なよと誘った。場所を訊かれたので、自分たちの第一作をレイト上映してくれた映画館のビルの七階だと教えた。

「ほら、みんなで打ち上げやったとこ。そこの個室」

電話を切ると、北原が不思議そうな顔をしてこちらを見ていたので、実は自分は刑事をやりながら、仲間と一緒に映画を作っているんですと説明した。相手は苦笑まじりに深いため息をついた。

「女優やって監督やって刑事。頭がおかしくなりそうだけど、本当にやりたいものはなんなの」

すこし考えてから刈谷は、映画なんだと思います、と言った。北原はうなずいたあと、

「でも刑事って、食い扶持のためにやるにはハードよね」

「ええ」

「どう？　やめられそう」

「いや、しばらくは無理です。私たちの映画は世の中にそんなに受け入れられていないので」

もうひとつの理由のほうは言わなかった。

「どうして世間に受けがよくないの？」

北原が尋ねた。

「ポスターの裏に描かれた図面を見て、新しいコンピュータの構成図だと読み解いた彼なんですが、実験映画の世界では有名な作家なんです。私が監督するときはカメラを回してもらってるんですけど」

「へえ、そんな優秀なのとタッグ組んでるのにどうして駄目なのさ」

「相棒に言わせると、世の中が馬鹿だからだそうです。因みに、北原さんの新しいコンピュータのアイディアを日本が受け付けないのは、日本人が馬鹿だからだって言ってました」

北原は笑った。新天地でこの人は笑えるようになったんだな、と刈谷は思った。

「ただ私はそれだけじゃない気がするんです。いえこれは、私たちの映画のことなんですけど。私たちには、特に私には、女優としても監督としても足りない部分がまだまだあるんじゃないかって」

「へえ。ずいぶん謙虚ね」

「ええ、檜原村の件では、いろんなことを知るためにも、刑事ってのはいい仕事なのかもしれないって思いました。こうして北原さんとも会えたわけですし」

本当は出会えた人間がもうひとりいたが、これも説明するとややこしいので口に出さなかった。

「警察にさよならを言うのは難しいってわけね。——ちなみにこれも『ロング・グッドバイ』から。でも私はさよならするよ」

北原はバッグを取った。

「さようなら、女優で刑事の刈谷杏奈さん。会えてよかったわ。短い時間だったけど」

そしてドアを開けて出ていった。

刈谷はひとりでウーロン茶を飲んだ。ドアを通じて部屋に流れ込んでくる店内の薄いざわめきは、秋川渓谷の水音のような気がして、刈谷は酔いたいと思った。けれど、国分寺まで光浦か結城か刈谷の誰かが運転しなければならない。そのくじ引きから先にひとりだけ抜けるわけにはいかなかった。

ドアが開き、ふたりが入ってきた。席につくと腹が減ったと言いながらメニューを開いた。呑みたいかと尋ねると、是非ともと光浦は言い、結城は帰ってからやることがあるから呑まないと断って、呑みたければ呑んでいいよ、帰りは運転するからと言ってくれた。

ギムレットを注文した。

めずらしいもの呑んでますね、とからかうように言った光浦の言葉は刈谷の耳には届いていない。

私はいつ本当の自分に出会えるのだろう。

グラスの縁に口をつけて、そんなことを考えていたから。

謝辞

本書の執筆に当たっては、新宿二丁目にあるゲイバー(ミックスバー)台風39号のマスターに取材し、ゲイとしていきることの心情、二丁目でのバー経営などについてお話を伺った。

お忙しい中取材に応じてくれたマスターにこの場を借りて御礼申し上げます。

この作品は書き下ろしです。

アクション

捜査一課 刈谷杏奈の事件簿

榎本憲男

令和4年10月10日 初版発行

発行人――石原正康
編集人――高部真人
発行所――株式会社幻冬舎
〒151-0051東京都渋谷区千駄ヶ谷4-9-7
電話 03(5411)6222(営業)
03(5411)6211(編集)
公式HP https://www.gentosha.co.jp/

印刷・製本―図書印刷株式会社
装丁者――高橋雅之

幻冬舎文庫

ISBN978-4-344-43233-8 C0193 え-14-1